ERIK L'HOMME

NOUVELLE SPARTE

GALLIMARD JEUNESSE

À Laure,
Muse-Soleil.

À J.-F. « Goas »,
philosophe baïkalien.

À Olric et O2,
citoyens de la Fédération.

« Passant, va dire au monde que nous vivons ici selon les lois de Sparte. »

Polios, Ier siècle après les Grands Bouleversements

1.

IL FAUT ÊTRE COUCHÉ POUR VOIR LE CIEL

1.1

Il s'était introduit dans l'habitacle de la squaline. Il s'était assis dans le fauteuil du pilote, du cuir, de l'ours tanné, renforcé aux coutures par de la peau de golomianka pêché dans le Baïkal par les prêtresses néréides. Là, il rêve. Il rêve, Valère, du haut de ses seize ans, il rêve au moment où il s'élancera à son tour dans l'azur bleu du ciel, semblable à un dieu par la puissance des moteurs solaires à hydrogène. Il était entré à l'académie Ikaros, où étaient formés les pilotes qui s'en iraient un jour briser-surclasser les ennemis de la Fédération. Valère rêve, les mains sur les commandes de l'aéronef d'acier. Il pense: «Cinq années… Cinq années pour apprendre à maîtriser une squaline… Jaillir ruisselant d'eau du tréfonds du lac et sécher sa carlingue au beau soleil froid…» Ça lui fait bondir le cœur, Valère, de s'imaginer dans la fameuse combinaison en cuir de loup et peau de phoque gris, en train de brandir la dague en lapis-lazuli des pilotes et de prononcer les phrases rituelles. « *Belle squaline… Je te confie ma vie… Emporte-moi dans le ciel…* » Il rêve tant qu'il continue à se croire seul dans le hangar pressurisé qui lac-abritait à trois cents mètres de profondeur les aéronefs du complexe Ikaros.

« Eh ! Valère ! Tu chauffes ma place ? » Alexia, mains sur les hanches, sur le béton mauve et dans la lueur bleutée des murs de métal phosphorescents, se moquait-rire de lui. Valère rougit. N'avait-elle pas, Alexia, évoqué la vieille tradition des prêtres d'Apollon chauffant de leurs corps dénudés les fauteuils des femmes-pilotes qui défiaient le ciel pour la première fois ? « Alexia, qu'est-ce que tu fais là ? » « Et toi ? » Ils se regardèrent, se sourirent, dans la savance commune de fouler un endroit interdit. Elle dit : « Il serait prudent de s'en aller maintenant. » Valère acquiesce. D'un bond, il est par terre pour attraper la main de la jeune fille, et ils coururent en direction de l'élévateur qui les ramènerait à la surface, à travers des centaines de mètres de terre.

« Je ne sais pas pourquoi tu es venue, dit-il, mais je suis content de te voir. » Elle fit sa mystérieuse, une lueur de malice dans les yeux. « Je savais que tu serais là, dit-elle. Tu as oublié, pas vrai ? On s'était promis de passer la journée ensemble. Demain c'est la kryptie. » Il la regarde et son cœur fol-bat. Il n'avait pas oublié, Valère, comment aurait-il ? Il avait seulement laissé filer le temps. Il dit encore une fois : « Je suis content de te voir. » Le silence les accompagna jusqu'en haut mais ils se mangèrent des yeux.

1.2

La partie émergée du complexe aéronautique Ikaros faisait une tache brillante sur la pente. Ils croisèrent un groupe d'officiers qu'ils saluèrent, puis ils s'élancèrent sur le chemin de roche vitrifiée qui s'enfonçait au milieu des pins. Alexia s'arrêta et retint Valère. « Attends, dit-elle, allons là-haut. » Il suit de bonne grâce la jeune fille qui gravissait la pente. Il halète bientôt, l'effort, le frais de l'air, sa volonté de ne pas la laisser le distancer, elle qui progressait avec la vélocité d'un bouquetin yanghir aux cornes graciles. « Elle est si belle, songe-t-il. J'en oublie mon je-suis, dévoré d'amour-silence… » Il entend cogner dans sa poitrine – alors qu'Alexia, qu'il fréquente depuis l'enfance sur les bancs de l'agogé, grimpait et grimpait encore –, cogner la certitude violente de l'aimer depuis toujours. « Eh ! Alexia ! Tu nous emmènes où ? » Elle rit, dévoilant des dents blanches qui soulignaient ses yeux pâles et ses cheveux couleur d'orge sur un visage tanné par le soleil glacé. « Là où on ne peut plus monter ! » Alexia, la chevelure nouée en tresses, le corps fin et musclé, quand le sien à lui est dense et ramassé. Un bloc de muscles et d'énergie surmonté d'une tignasse sombre et d'une paire d'yeux transparents tant ils sont bleus, c'est ça qu'il est Valère ! Ils reprirent leur course vers les hauteurs. Enfin elle s'arrêta, se campa sur une avancée rocheuse qui surplombait le lac. Le lac Baïkal. Là où s'était établie la Fédération après les Grands Bouleversements qui avaient, deux siècles plus tôt, renversé les pays du Monde-d'avant comme un jeu de quilles.

La Fédération… Lente migration d'une meute européenne fuyant le chaos, misérable mais rassemblée par la volonté de se couper de ce qui avait causé la catastrophe, pas des choses, pas des hommes, juste se couper de la pensée, de la manière de regarder le monde et le cosmos. Les Fédérés… À l'origine de la Fédération… Par milliers ils étaient partis vers le nord comme un vol désespéré d'oies sauvages, par centaines ils avaient péri en route. Oh ! comme l'aède Polios avait bien chanté cela ! « *Il est fini ce monde abâtardi par les débauches d'esprit et d'âme ! Il y a eu une joie sur la terre fumante, dévas-*

tée et gémissante, quand ce mensonge qu'on appelait civilisation en est venu à mourir ; on a quitté le masque, les écrans, le palais qui s'écroule, la ville qui tombe, pour aller rejoindre la cavale et la louve...» Le lac ces fuyards avaient trouvé, s'y étaient installés, avaient repoussé vers l'est et vers l'ouest les quelques-uns qui s'y trouvaient et qui aujourd'hui constituaient les Com-Fédérés, la Com-Fédération, territoire de steppes infinies et de montagnes empilées où allaient et venaient les Kourykanes. Mais c'était loin dans le passé. Valère et Alexia avaient toujours connu la Fédération. Leurs parents aussi, et aussi leurs grands-parents et les parents de leurs grands-parents...

« Regarde ! » dit Alexia, sa main désignant, scintillant dans le lointain, les tours de la centrale d'hydrogène-fission Krystal-5, qui alimentait la Fédération en énergie, une énergie limpide comme les eaux du Baïkal utilisées pour la techno-transmutation. C'était l'eau la vraie richesse du Monde-d'après, et les ingénieurs héphaïstociens avaient appris à en tirer le meilleur pour la grandeur et l'être-bien de la Fédération. Plus à l'est, un dôme furtif de matière noire trahissait l'emplacement très sécurisé de la Base-Phœbé qui murmurait aux satellites protecteurs d'indispensables secrets. Valère regarde et son cœur déborde de fierté. Il porte son regard vers le nord-ouest, la chaîne de montagnes-forêts qui bordait le lac sur des centaines de kilomètres, presque les dimensions de la Fédération – la Fédération, six cent cinquante kilomètres de long, cent cinquante de large, mille six cents mètres de profondeur, deux mille six cents de hauteur. Et autour, la steppe des nomades com-fédérés. Et là-bas, les côtes inimitables de l'île d'Olkhon, la terre sacrée des Kourykanes. Olkhon, lieu de la kryptie… Valère frissonne. Alexia ferma les yeux et aspira, gourmande, l'air d'en haut riche des effluves du début d'automne. Elle dit : « C'est beau. » « C'est beau » dit-il. En la regardant. Elle partit dans un éclat de rire joyeux. « Le dernier en bas est un Occidien ! » Valère n'a que le temps de s'accrocher à ses trousses, faisant voler les pommes de pin et les cailloux dans sa glissade.

1. 3

Ils marchèrent une heure au milieu des arbres avant de rejoindre le tube de métal sombre sur lequel glissaient les navettes du monorail Ladôn qui bouclait le Baïkal. On faisait le tour entier de la Fédération en une journée grâce à la poussée magnélectrique des moteurs du Ladôn. On pouvait aussi, en une demi-journée, traverser le lac dans sa longueur, par navire néréide, mais cela prenait beaucoup plus de temps si l'on faisait escale à Ikaros, Krystal-5, ou l'un des nombreux sanctuaires gréveux, zones de délassement et cabanes de chasse-pêche fréquentées par les citoyens de la Fédération. Valère et Alexia sautèrent dans la première navette qui ralentit à leur signal. Dans la Fédération on allait à pied ou en transport-de-tous, les véhicules individuels n'étaient pas d'usage – pas d'esprit. L'égoïsme, le je-jette-pollution, le je-ne-pense-qu'à-moi appartenaient à l'ère révolue du Monde-d'avant – et à l'actuelle Occidie… Assis sur une banquette après avoir salué dans la voiture un couple d'anciens et un officier mélancolique, ils regardèrent défiler le paysage par les triplevitres. Leur tenue, pantalon et bottes de cuir, veste de feutre arborant près du col, sur l'écusson au damier rouge et blanc de la Fédération, une squaline stylisée, les désignait comme élèves de l'académie. Une femme enroulée dans une écharpe de soie carmin leur sourit. Valère pense à demain, à la kryptie, l'épreuve qui fait les enfants adultes, qui transforme les jeunes filles en femmes-fortes et les garçons en hommes-forts. Il se sent prêt. Tous les jeunes de la Fédération se préparaient à la kryptie depuis l'enfance. Il se sent prêt, Valère, mais il tremble malgré tout dans son je-suis. « Tu y penses, hein ? » dit Alexia. Elle leva sur lui un regard pénétrant. Il dit : « Pas toi ? » « Bien sûr que j'y pense. » Il dit : « Tu as peur ? » « Oui. Pas toi ? » Il dit : « Non. » « Menteur. »

Le monorail ralentit à l'approche de Nouvelle-Sparte, la capitale et unique cité de la Fédération, où vivaient les citoyens quand ils n'étaient pas en poste dans les installations circumlacustres ou en délassement dans les forêts baïkaliennes. La cité, en bordure de lac sur une solide assise rocheuse, était double, à la façon d'un reflet. Ce qui était à la surface existait en dessous, sauf les temples : lieux publics, bâtiments officiels et d'habitation. Parce que l'été. Parce que l'hiver. Parfois vingt degrés à la saison rouge, et moins quarante à la saison blanche. Ou beaucoup plus. Ou encore moins. Architecture élancée en pierre pâle vitrifiée, en métal-feu traité contre les changes climatiques, en verre spécial épais. Solide et profilée pour le vent, les tempêtes…

Les voitures du Ladôn plongèrent dans les entrailles de Nouvelle-Sparte et s'arrêtèrent sur un quai de la station centrale. Valère et Alexia descendirent et gagnèrent l'escalier le plus proche qui conduisait à la surface. Bien assez tôt viendrait l'époque où la cité se replierait sur elle-même et enfouirait son museau sous ses pattes comme une bête hibernante ! Ils se retrouvèrent sur l'Agora, l'immense place qui prolongeait le bâtiment à colonnades abritant le Commandeur et les membres de son Directoire, ainsi que les Assemblées, celle des Anciens, celle des Citoyens et celle des Dignitaires – les grands-prêtres des douze dieux olympiens. Ils foulèrent les dalles claires, emplissant leurs yeux des proportions architecturielles, saluant les gens qu'ils croisaient dans leur errance enjouée. Au pied d'une statue monumentale – celle d'Andréios, le premier Commandeur, génial intuiteur des principes de la future Fédération, élu par tous les autres, porté en triomphe après l'arrivée-conquête en territoire baïkalien –, Alexia remarqua un attroupement. Ils étaient fréquents, sur l'Agora, les disserteurs ou les diseurs déclamant des poèmes, lisant du théâtre, dispensant des leçons pour lesquelles aucune autorisation n'était nécessaire, seulement un public, ce qui obligeait à l'admirable ! Alexia : « C'est peut-être un aède. » « Ou un philosophe » dit Valère. « Allons-y, on verra bien ! » Ils coururent encore, heureux d'être là, d'être eux, d'être ensemble.

1. 4

«… Les dieux que nous honorons au sein de la Fédération ne possèdent aucun savoir sur les origines du monde. Si vous me questionnez sur ce thème, je ne pourrai vous faire qu'une réponse poétique, à la manière de Palladas ou de Polios ! Apollon lui-même, fils de Zeus, est apparu après la réorganisation du cosmos. Cette ignorance fondamentale s'oppose aux croyances qui ont cours en Occidie ou dans le Darislam. Car il n'existe, pour nous, pas de secret ni de vérité initiale de la Terre, du temps ou de l'existence. Le monde humain est celui du risque, de l'inattendu, de l'imprévu. C'est ce qu'illustrent l'*Iliade* et l'*Odyssée*, ainsi que les grandes tragédies que nos ancêtres ont emportées avec eux dans leur marche vers le nord… » Aux anges est Valère ! « Un philosophe ! Et pas n'importe lequel : c'est Goas ! Il est prof à l'Institut Lycurgue ! » Valère sort de la poche de sa veste feutrée une microtablette qu'il branche sur le mode enregistrement et calliscription des meilleurs passages. « La clef générale de compréhension du monde n'est donc pas de l'ordre de la vérité, dit le philosophe, comme elle l'est pour les Occidiens ou les Darislamiens, mais juste une question de vraisemblance et de possible face à l'imprévu. » Alexia se tourna vers Valère. « C'est chiant. Viens, on s'en va. » Il dit : « Attends un peu ; moi, je trouve ça intéressant. » « Cinq minutes alors. » « Dix. » « Je t'en aurais accordé quinze mais c'est trop tard, tu as dit dix ! » « Chut… »

Le philosophe Goas était un homme massif, aux cheveux fous blanchis par les ans. Grand fréquenteur de tavernes. Il poursuivit de sa voix grave : « Ces dieux que nous honorons, parlons-en maintenant ! Quelle perception en avons-nous ? Ah ! interrogation vaine et néanmoins sublime ! Car les dieux sont des présences : ils viennent à nous par les sens et incitent aux récits. Mais ils sont aussi des puissances : ils viennent à nous par l'imaginaire et servent l'exaltation. Enfin les dieux sont des valeurs : ils viennent à nous par le symbolique et poussent à la compréhension. » Salve d'applaudissements ; le philosophe leva la main pour signifier qu'il n'avait pas terminé. « Rappelons-nous :

pour ne pas sombrer dans l'*hubris*, qui est excès, délire et démesure… » Grondements dans l'assemblée : l'*hubris*-catastrophe précédait les grands et les petits bouleversements. « … Toute réalité, divine ou humaine, doit être envisagée de façon plurielle. Il faut ensuite rechercher un équilibre de cette pluralité, sous le regard d'une unité. Ainsi la Fédération regroupe-t-elle des hommes et des femmes à la fois composés d'individualité – je-suis, je-fais – et de citoyenneté – nous-ensemble, nous-maintenant-et-plus-tard. Des individus partageant une destinée commune. »

Le silence se fit et le philosophe en profita pour prendre une profonde respire. « J'aimerais aborder un autre point avec vous : la question de Sparte… » Un brouhaha parcourut l'assemblée des auditeurs, hommes mûrs assis sur des sièges de toile, femmes portant un enfant dans l'étoffe contre-corps, étudiants penchés comme Valère sur leurs microtablettes. Goas s'emparait d'une question très populaire. Même Alexia cessa d'agacer Valère avec le jeu du cheveu-dans-l'oreille. « Pourquoi Sparte ? Pourquoi nos ancêtres ont-ils choisi de refonder Sparte, une Nouvelle-Sparte, et pas Athènes, ou Thèbes, ou même Rome, que sais-je ? » Goas parcourut du regard la foule attentive. « Eh bien, une fois encore, pas de réponse unique à cette vaste question ! Lorsque nos ancêtres se réfugièrent ici, en Baïkalie, à l'époque terrible des Grands Bouleversements, ils choisirent de s'appuyer sur le souvenir d'une cité guerrière et forte, capable de résister à l'agonie violente du Monde-d'avant... Cette première réponse est celle de l'historien. » En acteur consommé, il marqua un temps de pause. « Maintenant, le philosophe que je suis vous fera malicieusement remarquer que Nouvelle-Sparte ressemble beaucoup à Athènes ! La Fédération s'avère, en quelque sorte, un condensé du meilleur des deux vieilles cités ! » Des rires et des hochements de tête ponctuèrent sa remarque. Goas leva de nouveau la main pour obtenir le silence. « Alors, la meilleure réponse à "Pourquoi Sparte ?" reste encore une fois celle des poètes. Car qui peut affirmer ce qu'avaient dans la tête, il y a deux siècles, des hommes et des femmes ayant survécu au Chaos ? Chers amis, mes concitoyens, mes frères... il ne reste rien de ce que fut la Sparte du Monde-d'avant. Une colline peut-être, quelque part, d'où la vue porte loin sur la plaine et les montagnes alentour, terrains de jeu des anciennes kryptíes, parcourues de chemins sauvages... Des oliviers qui portent dans leurs feuilles le souvenir de la cité qui frappa le monde de stupeur il y a deux mille huit cents ans… Mais c'est là toute la beauté, peut-être, et la véritable leçon de Sparte : nous n'avons que cette vie, durant laquelle il nous appartient d'être nous-mêmes ou de n'être rien. Comme le disait mon cher Palladas : "*Sommes-nous morts, nous de Sparte, en une ombre profonde entraînés, croyant vivre, et flottant dans un songe ? Ou bien sommes-nous les seuls vivants, lorsque tout plonge au gouffre, et que la vie est morte, et mort le monde ?*" En refondant Sparte – et nulle autre – sur les rives du Baïkal, les anciens ont répondu à leur manière. Et ils nous ont offert d'être vivants à la nôtre. » Cette fois le philosophe s'inclina, il en avait fini ; il descendit du socle de la statue sous de nouveaux applaudissements nourris auxquels Valère se joint. « Tu vois, ça ne fait pas dix minutes ! » dit-il à Alexia qui, sans rancune, félicitait elle aussi du plat de ses mains la prestation de l'érudit en zibeline blanche. « Je t'offre une stellaire pour te remettre de cette aventure intellectuelle ? » Elle sourit-accepta non sans le frapper malicieusement à l'épaule. Ils prirent la direction de la taverne la plus proche.

1. 5

La taverne était pareille à beaucoup de ces endroits où les jeunes gens de la Fédération aimaient sortir-être-ensemble pour rire et bavarder, avec une grande baie lumineuse en haut pour l'été et une cheminée lumière-tamisée en bas pour l'hiver. Le soleil blanc illuminait encore Nouvelle-Sparte, glissait sur les pierres albuginées de la cité, s'introduisait dans les bâtiments en frappant aux vitres écarquillées. Valère et Alexia, dans les fauteuils recouverts de fourrure d'ours brun autour d'une table basse en bois, buvaient chaud. La scutellaire du Baïkal, plante anti-inflammatoire, tranquillisante et antibactérienne, diffusait son entêtant parfum bleuté autour de leurs narines. En tisane, accommodée de miel de pinsiberica, la stellaire-scutellaire était à la mode chez les jeunes de la Fédération, comme l'était aussi le saran, cocktail à base de lait de yack, d'alcool de bouleau-betoula et de fleurs de sagan-daila – le soir, plutôt le soir.

« C'était vraiment intéressant, dit Valère. Ce Goas est un sacré orateur ! » « Oui, dit Alexia. Un peu long à mon goût. » « Toi, dès que ça vire intello, il n'y a plus personne » dit Valère. Moqueur. « Rappelle-moi combien de mètres je t'ai mis dans la vue tout à l'heure en grimpant la pente ? » dit Alexia. Alexia-je-souffle-l'air-de-rien-sur-ma-tasse-brûlante. Valère rit et se rend de bonne grâce, de bonne grâce toujours il se rend avec Alexia ; juste le plaisir de la taquiner, de la faire rire-rougir, de sentir son propre cœur dans sa propre poitrine s'agiter et s'affirmer vivant.

« J'ai beau savoir que la kryptie ne conditionne pas nos études, dit Alexia, ça doit faire bizarre de devenir pilote en ayant échoué aux épreuves… » Valère dit : « Le philosophe nous l'a rappelé tout à l'heure : l'individu et la cité, distincts mais indissociables. L'académie et la kryptie, c'est juste deux manières différentes de clore l'agogé. Concrète avec l'académie, symbolique avec la kryptie. C'est pour ça qu'on n'échoue jamais complètement… L'académie t'offre la possibilité de servir la Fédération.

La kryptie t'apporte des réponses, à toi seul. Il n'y a pas une kryptie mais mille krypties, autant que de kryptiques ! L'académie donne un espace à ton je-fais. La kryptie s'adresse à ton je-suis. Elle fait peur à cause de ce qu'elle provoque en nous. C'est une épreuve intime. » Alexia resta pensive, abîmée dans sa stellaire. Elle dit : « Tu parles bien, Valère. Tu devrais monter sur la statue et t'adresser aux gens… » Il cherche sur son visage – son visage ! – une trace de moquerie, qu'il ne trouve pas. Il se racle la gorge. « C'est toujours d'accord pour ce soir, une sortie avec les autres ? Un verre avant la kryptie ? » Il appréhende la réponse, Valère, pas envie de rester seul avec sa mère. Alexia hoche la tête. « Oui, c'est toujours d'accord, bien sûr… Qui sait comment sera demain ? Tu l'as dit toi-même : la kryptie nous transforme. » Valère frissonne. « Je dois repasser chez moi. On se retrouve devant le temple d'Héra à neuf heures ? » Elle lui sourit – chaleur-dans-son-cœur. « J'y serai. » Il sort de la taverne alors que le soir se muait en nuitée.

1. 6

«Valère ?» Voix de sa mère. «Je suis là. J'étais avec Alexia. On a rencontré un philosophe sur l'Agora...» Une femme apparut dans l'encadrement de la porte, grande, élancée, les yeux bleus, les cheveux sombres comme ceux de Valère. Elle s'appelait Tess. Pas courant dans la Fédération. Elle était venue d'Occidie amour-s'installer avec Maxence, le père de Valère. Maxence mort, Maxence assassiné en mission diplomatique, un attentat au Darislam – Valère serre les poings au souvenir douloureux. Elle dit : «J'ai préparé un repas pour toi ce soir, en l'honneur de ta kryptie. C'est un moment important qui vaut bien une petite fête !» «Je ne reste pas, dit Valère. On a prévu de se retrouver avec Alexia, Skelios et Drys. Une soirée entre kryptiques.» Tess pâlit. Se força à sourire, retrouva une contenance. «Bon, si c'est ce que tu veux. Tu n'as besoin de rien ?» Valère la regarde – cœur serré. Il voit bien qu'elle songeait triste, qu'il lui avait fait mal, qu'elle se faisait une joie. Il pense: «Je suis le seul dont la mère n'est pas de la Fédération… Je n'ai pas eu le temps de connaître mon père, tué par ces maudits Darislamiens… Ma vraie famille est dehors: ce sont mes amis et mes maîtres de l'agogé!» L'agogé, l'éducation baïkalienne loin de la maison… Il se racle la gorge. «On peut boire une stellaire si tu veux.» Tess retrouva des couleurs, partit dans la cuisine tandis que Valère s'en veut de sa faiblesse: une veille de kryptie devrait être pure-fêtée entre vrais citoyens fédérés! Il s'attable avec Tess devant la tisanière fumante décorée de motifs baïkaliens, respire l'arôme plantulaire, promène son regard dans la pièce. «C'est là le lieu de mon enfance, pense-t-il. Les sept premières années de ma vie.» Celles que les jeunes de la Fédération passaient à la garde entière de leurs parents. Après, ils étaient en collectif dans les salles de classe, les cantines et les gymnases, revenant à loisir chez eux où ils ne vivaient plus. L'agogé… «Demain je perds un enfant, dit Tess. Dans une semaine je retrouve un homme!» Elle sourit à Valère, indifférente à son indifférence, habituée à sa froideur gênée. «Si je réussis» dit-il. «Tu réussiras! Tu es le digne fils de ton père.» Il lui est reconnaissant d'avoir nommé, d'avoir appelé auprès d'eux celui qu'il n'a jamais vu et qui lui a laissé son physique robuste et musculeux, son intelligence pratique, le reste venant de sa mère, même les rêves qu'il fait – surtout les rêves. Il dit : « Parle-moi de lui, tu veux ? »

Il ne l'a jamais demandé aussi franc. L'instant de surprise passé, Tess s'exécuta volontiers. Un tremblement léger avait saisi ses mains. « Que te dire sur lui ? Tu sais déjà tout… Le jeune diplomate plein d'avenir, le discoureur brillant, admis au Directoire avant la limite d'âge… Le séducteur ramenant d'un séjour en Occidie une fille raide folle de lui… Le père débordant de fierté pour le petit être braillard qui se tient aujourd'hui dans la cuisine ! Tiens, je vais te raconter une anecdote que tu ignores sûrement : un jour, ton père est revenu blessé d'une excursion dans le Khamar-Daban. Son manteau de cuir était déchiré, il saignait de l'épaule gauche. Un ours avait attaqué le campement. Courageusement, ton père et ses amis, Lukos et Thysia, que tu connais, l'ont affronté au couteau et l'ont fait fuir. Au prix de nombreuses entailles… » Lukos était aujourd'hui général et commandait l'unité d'élite Léonidas. Thysia était grande-prêtresse d'Athéna. Ils venaient en visite parfois… Tess continua. « Tandis que je recousais ses plaies en attendant de les faire dermo-souder par les médecins de l'Asklépéion, ton père me parlait. Il ne racontait pas le combat, non. Il évoquait avec émotion-exaltation le sang qui tachait la neige dans la clairière, reproduisant de façon parfaite les couleurs du damier de la Fédération… » Le cœur de Valère tambourine au récit je-me-souviens de sa mère. « Mon père était un vrai héros de la Fédération » songe-t-il.

Il se racle encore la gorge, une habitude prise pour se soustraire aux moments de gêne. « Merci, Tess. » Elle attendait, Tess, elle attendait qu'un jour son garçon lui dise de nouveau maman comme quand il était enfant. Elle dissimula sa déception derrière un autre sourire. « Essaye de ne pas rentrer tard. Tes heures de sommeil seront comptées à partir de demain. » Il dit oui, il remercie encore, il s'enferme dans sa chambre pour changer de vêtements – pantalon rouge et chemise blanche, blouson de cuir –, il lance un ultime bonsoir avant de sortir et de fermer la porte de l'appartement d'en haut qui avait son exacte réplique en bas, au fond d'un escalier où se prenaient, dans la chaleur du tréfonds chauffé par les réacteurs à hydrogène de Krystal-5, les quartiers d'hiver.

1.7

Il restait du temps avant le rendez-vous. Valère décide de faire un détour par la grande antenne, structure tubulaire plantée à l'ouest de Nouvelle-Sparte pour capter-diffuser les programmes dans le Monde-d'après, les séries glamourantes d'Occidie bourrées de moraline, les prêches enflammés et les criminels vif-châtiés en direct du Darislam, les trop-longs-tournois de go et les représentations de théâtre nô de la Muraille... Tout était accessible aux citoyens baïkaliens sur leurs microtablettes, en vertu de l'accord global de réciprocité. La Fédération proposait en échange ses jeux sportifs et poétiques, ses parties de chasse au bison des bois et ses huis clos théâtreux tantôt philosophiques, tantôt érotiques – ces derniers remportant partout un grand succès. Valère marche dans la ville éclairée par les sphères phosphoreuses, fouetté par la froidure de l'air, en direction de la haute masse métallique juchée sur une hauteur. «J'aime ma cité» songe-t-il.

«Valère ! Eh ! Valère ! » Un garçon de son âge courait vers lui en agitant les bras. Mince presque maigre, le cheveu très fin, le visage mangé par de gigantesques yeux verts. Il reconnaît Skelios, qu'il devait retrouver plus tard devant le temple d'Héra. «Tu viens contempler la cité depuis l'antenne, toi aussi ?» dit Skelios. Ils se serrèrent le bras comme on faisait pour se saluer entre hommes – et avec les femmes si on ne voulait pas leur prendre la main pour les embrasser sur le poignet. «J'avais de l'avance, dit Valère. Je ne me lasse pas de cette vue de Nouvelle-Sparte la nuit, ses lumières scintillant sur le lac… » Ils s'assirent pour mieux admirer. La ville parvenait toujours à rester sereine, il n'y avait pas d'agitation-stress comme en Occidie ou derrière la Muraille. L'ardeur était réservée au stade, au gymnase, au théâtre, à l'école, aux temples. À cette heure, seul le port vibrait d'une activité mesurée, barges ravitaillant les endroits du Baïkal où se trouvaient des citoyens de la Fédération, navires néréides desservant les temples-sanctuaires, baleinières en partance pour la pêche. Parfois, avec de la chance, on apercevait le dos sombre d'un nautile, un de ces sous-marins affectés aux liaisons entre Nouvelle-Sparte et Ikaros-Phœbé-Krystal-5, mais pas seulement : un passage, long, périlleux et secret reliait le Baïkal à la mer lointaine ! Au sortir de l'agogé, Valère avait hésité à demander son affectation à l'École des nautoniers, corps d'élite comme l'était celui des pilotes de squaline. Il avait assisté une fois à leur prestation de serment. Quelle allure ils avaient, ces hommes et ces femmes sanglés dans leur combinaison en peau d'omule noir argent, abaissant vers les eaux cristallines leur dague d'ambre jaune pour prononcer les paroles rituelles ! « *Noire baleine… Monstre hydrogène… Silencieux dans les profondeurs… Tu attends ton heure…* » Mais Valère avait choisi l'académie pour le ciel et l'air-soleil. Pour elle, aussi, pour Alexia, parce que son je-suis s'affolait à l'idée de quitter l'orbite de son elle-est…

« À quoi tu penses ? » dit Skelios. « À rien. Rien de particulier. » « Moi, je pense à demain. À la kryptie. » Valère dit : « Ne te mets pas la pression, ça ne sert à rien. Ton père l'a fait, n'est-ce pas ? Et ta mère ? Ton frère aussi, alors ! » Skelios acquiesça. Valère, lui, son cœur-serre, sa mère occidienne n'a jamais connu de kryptie… Il secoue la tête et observe son ami en plein mord-lèvres. Skelios n'avait réussi à entrer ni chez les académiens ni chez les nautoniers. Après la kryptie, jusqu'à ce qu'il trouve-décide à quoi vouer son existence, il aiderait son père, chasseur-fournisseur de peaux de bêtes sauvages, qui aurait été riche en Occidie. En Occidie. Dans la Fédération, aucun n'était riche et aucun n'était pauvre, rien ne se payait, chacun faisait simplement ce qu'il devait. Les pierres-bleues qui entraient dans la composition de toutes les cyberbatteries du Monde-d'après, en abondance ici mais rares partout ailleurs, servaient au seul commerce d'outre-Baïkalie. À l'intérieur, les ressources collectives servaient au développement harmonieux du je-suis, sans autre souci que le je-fais pour les autres, pour la Fédération. Sous réserve d'*hubris* (l'excès dans sa conduite), sanctionné par un séjour remise-des-idées-en-place dans la steppe kourykane… « Quelle heure ? » dit Valère. Skelios consulta sa microtablette. « L'heure d'y aller si on ne veut pas se faire jeter par les filles ! » Ils rirent et se remirent debout, dévalèrent la butte en direction du centre de la ville et du temple d'Héra.

1. 8

Le temple d'Héra dressait ses colonnes-majesté au bord d'une place prisée par les joueurs d'échecs en disputance de parties publiques, quand le soleil souriait. En face et beaucoup moins sages, beaucoup plus suggestives, les colonnes-phalles du temple d'Aphrodite. Le pluriel dans l'unité… Valère pense aussitôt au discoureur entendu quelques heures auparavant sur l'Agora, auquel faisaient écho les philo-principes acquis durant l'agogé. « *Par deux vont toujours les dieux… Héra déesse des épouses, Aphrodite déesse des amantes… Par deux car les jetons n'ont jamais une seule face…* »

Skelios poussa Valère du coude et lui sourit-clin-d'œil. « Tu iras rendre hommage à Aphrodite après ta kryptie ? » C'était une possible tradition. Pouvait-on homme-devenir sans connaître la fête du corps ? Le temple de Dionysos, bâti à l'autre bout de la ville en face de celui d'Apollon, offrait les mêmes services, sans obligation évidemment, aux jeunes femmes en sortance kryptique… «Comment choisit-on de devenir prêtre-prêtresse de Dionysos ou d'Aphrodite ?» pense Valère. Il s'interroge sans étonnement, car ce qui déclenchait gêne en Occidie, dissimulation au Darislam, indifférence derrière la Muraille, était normal-vécu dans la Fédération. N'existait-il pas les thermes, toujours bondés, et ne concourait-on pas sans vêtance aux jeux gymniques ? La nudité vécue dans le respect ou la sexance… Les dionysies florales célébrant vie et mort mêlées, le retour de la sève, ne duraient-elles pas chaque année une semaine entière au printemps ? «Je ne sais pas» dit Valère. Honnête il s'efforce d'être. Comment savoir, pris par la joyeuse folie kryptique, peut-être irait-il. Peut-être Alexia irait-elle aussi dionyser – coup d'aiguille dans le cœur. Valère s'en veut de ce début de jalousie : possède-t-il Alexia ? La sexance rituelle n'est ni amour de l'âme ni frottement des cœurs ! Il ne sait quoi penser…

Deux silhouettes firent leur apparition. L'une d'elles était Alexia et l'autre, plus lourde, plus dansante, plus sensuelle, le sourire rouge de lèvres charnues, le regard brille-malice : Drys. Elle dit :

« On est en retard ! Désolées ! » Valère dit : « C'est pas grave, on discutait avec Skelios. » Alexia dit : « Les soirées sont de plus en plus fraîches. On va souffrir, demain ! » Skelios dit : « La seule que ça ne gênera pas, c'est Drys, elle a de quoi résister au froid ! » Drys frappa le garçon et rit de son rire que tous adoraient. Valère dit : « Bon, la kryptie n'a pas commencé, on a le droit de s'abriter quelque part. » Skelios dit : « Et de vider quelques verres de saran ! » La proposition fut accueillie par des cris approbateurs. La bande se mit en route à la recherche d'une taverne pas trop pleine – une veille de kryptie, c'était loin d'être gagné.

1.9

«Je propose que nous levions nos verres à… nous!» dit Skelios. «À nous!» dirent Valère, Drys et Alexia. Ils avaient jeté l'ancre dans un établissement au cœur de la ville, tables et chaises sur trois étages sans oublier les couloirs et les perrons d'escaliers. Un groupe de musique perché sur une estrade étroite lyre-scandait une chanson à la mode: *Vivre notre jour comme s'il était le dernier.* La kryptie occupait les esprits des jeunes gens entassés, brouhaha de horde célébrant l'importance des jours-demain, noyant d'ivresse légère, au fond des cocktails, la peur enflant de l'inconnu. Valère, Alexia, Skelios et Drys ne cherchaient qu'à être ensemble à l'orée du changement.

Drys dit: «Moi, je tiendrai le coup en pensant au temple de Dionysos… C'est la première chose que je ferai après!» Son regard brilla plus fort et sa respiration s'accéléra. «J'y pense toutes les nuits depuis quelque temps… Et vous, c'est quoi votre motivation ? » Valère observe le visage-poupée de Drys. Elle aurait dû, elle aurait pu devenir prêtresse d'Aphrodite lors des vœux de fin d'agogé : la grande-prêtresse elle-même était venue, tant elle correspondait au profilage de ses troupes insolentes ! Mais Drys avait choisi Phœbé-la-secrète, les satellites qui garantissaient à la Fédération sa paix dans le Monde-d'après, artefacts espions et cracheurs de missiles. Valère n'y avait même pas songé pour lui-même… La Base-Phœbé : trop d'intelligence réclamée, trop de sensibilité demandée aux murmures ! Drys avait été immédiatement acceptée. « Moi, dit Skelios, c'est comme toi, Drys. Enfin, je veux dire, le temple d'Aphrodite ! » Alexia : « Ça vous travaille à ce point ? » « Pas toi ? » dit Drys. Provocante. Alexia haussa les épaules. « Je ne dis pas que je n'y pense pas… Mais pas assez pour que ça me soutienne demain et les jours suivants. Moi, c'est l'image de ma squaline qui me tiendra compagnie, celle qui m'emportera un jour dans le ciel ! » Valère ressent un autre pincement au cœur. S'imaginait-il pouvoir lutter contre un aéronef fuselé ? Jamais maintenant il ne pourra avouer que le visage d'Alexia sera tout ce dont il aura besoin pour survivre à sa kryptie… Valère se racle la gorge. « Moi, dit-il, je penserai à mon père. » Son père mort au Darislam – une bouffée mauvaise embrase son cœur. Ils se turent ensemble, c'était comme un recueillement, une communion d'amitié dans la douleur sourde de Valère. Skelios relança: «À nous!» dit-il. «À nous!» Ils vidèrent leur troisième verre et décrétèrent que c'était assez. À l'heure où la fête battait son plein dans la taverne, ils sortirent tous les quatre dans la nuit néospartiate, à peine ivres sinon d'eux-mêmes, de l'exaltation du futur, des promesses que la Fédération leur offrait dans sa jubilante bienfaisance.

Ils firent vingt mètres dans la rue. Pas un de plus. La taverne qu'ils avaient quittée explosa. La déflagration les jeta à terre. Un morceau de pierre arraché à la façade heurta avec une violence inouïe la cuisse de Skelios, qui hurla. Un bourdonnement enfla dans leurs oreilles. Ils n'entendirent pas les cris, les bousculades, le crépitement des flammes. Couchés par terre, ils ne virent pas la fumée noire, les jeunes gens courir, l'intervention des secourants d'Asklépios, les blessés qu'on évacuait. Drys respirait mais semblait dormir. Skelios se tenait la jambe, le visage tordu par la douleur. Alexia se bouchait les oreilles de toutes ses forces. Et lui, lui, Valère, il tourne la tête et regarde Alexia, tourne encore la tête et envoie son regard se repaître du ciel.

2.

UNE ÉPAISSEUR DE SILENCE

2.1

Pour la première fois depuis sa refondation, la kryptie fut repoussée de quelques jours, le temps pour le deuil de se faire. Onze corps, privés de vie, confiés aux prêtres d'Hadès. Autant de blessés, certains graves mais aucun hors d'atteinte du haut savoir des médecins d'Asklépios. En grande tristesse les parents, les amis, les citoyens… En grande fureur le Commandeur Thérion et les Assemblées ! Qui a agi-détruit, qui a fol-osé s'en prendre à des enfants et puis, à travers eux, à la Fédération ? Parmi les morts elle avait des amis, Alexia. Parmi les blessés aussi. Skelios, qui boiterait le restant de sa vie… « Vie-mort, comme les pôles plus et moins de la pile que constitue le je-suis » songea-t-elle. Près du feu qu'elle avait réussi à allumer malgré la pluie, sous la protection d'un grand cèdre. Drys et Valère s'en étaient sortis sans dommage. Comme elle. « Où sont-ils en ce moment ? »

Vers Valère encore s'enfuirent ses pensées. L'aimait-elle ou aimait-elle l'idée de l'aimer ? Elle n'avait jamais pris le temps d'y penser, de poser la question à son je-suis, laissant son je-fais prendre en charge ce sentiment. Cette habitude. Cet allant-de-soi. « On s'aime depuis nos sept ans, paraît-il ; pourtant, au fond, je ne sais même pas ce que je ressens pour lui… » Mais quand il n'était pas là, elle détestait son absence… Quand il la regardait, elle éprouvait l'envie d'être belle… Quand il lui parlait, celle d'être intelligente… Quand il lui souriait, la joie sauvage… Et quand il évoquait un séjour prochain dans le temple d'Aphrodite, la prenait la pulsion de tout lâcher pour devenir prêtresse de la déesse au coquillage… « Est-ce que c'est de l'amour ? songea-t-elle. Est-ce que c'est ça, l'amour ? » Alexia pensait Valère. Et en pensant Valère, elle saisissait, la fille intelligente-vraiment, le côté vertigineux de la kryptie : neuf jours pour se connaître-soi et devenir ce qu'on était-en-vrai. Faire coïncider son je-suis et son je-fais, les faire se coller pour rétablir l'unité dans la dualité… Valère le lui avait dit. Exceptionnel Valère, clairvoyant Valère ! Il était entré à l'académie pour elle, Alexia le savait. Il aurait dû, il aurait pu, intégrer le Cercle Empédocle, consacré à la poésie, à la science expérimentale et à la philosophie, voire l'Institut Lycurgue, qui formait les futurs diplomates, administrateurs et membres du Directoire… Valère lui avait dit : « Se connaître-soi ne signifie pas seulement découvrir les multiples couches de son je-suis… Cela veut dire aussi trouver la place de son je-fais dans le monde… » Il le lui avait dit, mais que valaient les mots que l'on n'avait pas éprouvés ?

C'était le troisième jour kryptique et Alexia était toujours dans la course. En Occidie, à cause de l'attentat, de la bombe, de la-mort-les-amis, elle serait encore entre les mains d'un détricoteur de je-suis, un psy-chose comme ils s'appelaient eux-mêmes. Dans la Fédération on savait que la mort n'était pas inacceptable, que c'était simplement un état possible, une perspective que l'on repoussait, le temps de laisser ici quelque chose qui survive au je-suis et au je-fais, pour nourrir le nous-ensemble, nous-maintenant-et-à-venir. Ça n'ôtait pas la tristesse, bien sûr. Le mort, présent hier et absent aujourd'hui, chamboulait forcément l'univers. « Mais qui sait ce que les dieux veulent ? pensa-t-elle. Et que peut-on reprocher aux dieux quand eux-mêmes tremblent devant le destin ? » Ses pensées l'entraînaient loin de l'instant auquel elle se força à revenir, car l'esprit dans ses jeux n'avait jamais rempli un estomac. Elle posa au-dessus des braises fragiles une branche de bouleau fine-taillée, chargée de champignons embrochés, cèpes, lactaires, bolets jaunes. Elle étala sur un tapis d'aiguilles de pin sa récolte du jour, airelles rouges, mûres de ronciers-roches déjà sèches, noix de cèdre patiemment décortiquées. Les kryptiques étaient conduits à bord des navires néréides jusqu'à l'île vaste d'Olkhon, puis lâchés un par un dans la sauvagerie baïkalienne, nus comme au premier jour, sans outil, sans bagage. C'était pour cela la période, l'automne pas trop avancé, la nourriture encore à portée de main, la morsure vive mais pas déjà mortelle du vent sur la peau. Survivre pendant neuf jours était la seule règle. Abandonner, en rejoignant le sanctuaire lacustre poséidien, était la seule échappatoire. Aux épreuves du froid et de la faim s'ajoutaient l'imprévisible imprévu mais aussi la traque et la cogne ritualisées – les Oursiens-traqueurs, citoyens volontaires pour corser le grand jeu kryptique... Alexia s'accroupit pour surveiller les champignons. Avec un sac en toile volé près du débarcadère, qu'elle avait rempli de feuilles, elle s'était fabriqué un manteau pesant-encombrant qui la protégeait du froid. Le vol permis en cette seule occasion de kryptie, le vol encouragé même, pas d'habitations et peu de choses à dérober, mais pas se faire prendre, pas se faire attraper, droit de donner des coups et d'être fouetté… Elle soupira d'aise en se brûlant les lèvres dans la chair d'un champignon. Elle songea : « Valère… T'en sors-tu toi aussi ? As-tu à manger ce soir ? » Elle rabattit sur elle son manteau-sac, et les feuilles à l'intérieur froissonnèrent.

2. 2

Valère halète. Quelqu'un lui court après. Il sait bien que la kryptie est pleine de difficultés mais il espérait. Échapper aux Oursiens. Aux poursuiveurs affamés de bagarre. La peau ôtée à un animal pourrissant – chair raclée près d'un ruisseau – pèse-pue sur son dos. «S'il a un chien, songe Valère, je suis perdu.» Lui reviennent en mémoire les récits des anciens kryptiques, certains tabassés pour s'être laissé prendre. «Ça n'arrivera pas... Pas tant que j'aurai du souffle...» Valère dévale une pente, perd l'équilibre dans les feuilles, tombe sur le dos, arrête sa glissade contre un arbre. Il va pour se relever, entend une détonation – étouffée. Dix centimètres au-dessus de sa tête un gros morceau d'écorce s'envole, comme au ralenti, arraché par l'impact d'une balle. «Qu'est-ce que ça veut dire?» Stupéfait mais pas le temps d'être effrayé, Valère. Il repart en se laissant happer de nouveau par la pente, nage dans le torrent de feuilles comme un omule dans la Selenga. Il entend un nouveau coup de fusil, modifié sourdement. Des leçons sur les outils de la guerre reviennent dans sa mémoire. Ce genre d'arme n'était pas d'un usage courant… «On chercherait à me tuer qu'on ne s'y prendrait pas autrement!» Faux jeu ou réalité vraie? Il s'en moque, Valère, seule sa volonté compte, exacerbée. S'échapper! En réchapper. Ne pas chavirer… Olkhon ressemblait à une barque penchée: pentes douces sur un flanc, hautes falaises sur l'autre…

Ses pensées vont à Alexia en ce moment dangereux. S'il était condamné à ne jamais la revoir? La mort qui a déjà frappé au cœur de la ville, la mort, seule capable de ce mauvais tour… Il pense: «Hadès! Ce n'est pas l'heure! Retiens les Moires! Je n'ai pas eu le temps de lui dire tout ce que j'éprouve pour elle…» Valère profite des feuilles pour abandonner la peau trop lourde, trop puante. Il l'enroule autour d'une branche morte, en fait un mannequin grossier qu'il lance vers le bas, oblique vers le haut. Derrière lui, on s'élance dans la pente. Bref coup d'œil, toujours une silhouette, pas plus. Valère calcule: «Il faut que je tienne une petite heure encore… Après, il fera nuit… L'obscurité sera mon alliée…» Une petite heure. Une éternité!

Mais le subterfuge de la peau lestée semble prendre. Valère regagne du terrain, essaye d'être silencieux comme Hermès marchant à la surface du monde. Il regrette de ne pas posséder des sandales ailées. Alors il prie, Valère, il prie en gravissant la montagne qui l'éloigne du lac et de son poursuivant ! Il convoque les mânes du rusé Ulysse, vainqueur du Cyclope et de Circé et des sirènes et des prétendants. Il invoque la bienveillance d'Hermès, justement, le donneur de chance et l'ami des hommes que l'on traque. La pensée du dieu lui donne un second souffle et, quand il se retourne, il ne voit plus personne, il n'entend plus de course. Fini le bruit des branches cassées. Valère décide de continuer malgré tout jusqu'à pouvoir se couvrir, sinon de la peau perdue, au moins du manteau de la nuit.

2. 3

Alexia retenait son souffle, perchée dans un grand arbre comme l'oiseau de nuit aux yeux-phares. En dessous, des Oursiens en file indienne. « *Les oursins piquent, les ours-chiens mordent, les Oursiens ricanent* » disait la comptine. Les traqueurs de kryptiques… Elle espérait qu'ils ne l'avaient pas repérée – pas envie de devenir l'objet de leur violence. Pas un geste, pas bouger ; elle regrettait, Alexia, d'avoir sur elle son manteau-feuilles, si bruyant. Ils passaient, silencieux dans l'aube humide. « Rester dans la course, pensait-elle. Ne pas se faire prendre, ne pas abandonner. » Elle claquait des dents. Jusqu'à ce qu'ils se fondent dans le sous-bois. « Attendre encore… Une marge de sécurité… Peut-être un piège… » Mais ils étaient partis.

Alexia descendit ou plutôt se laissa mol-choir sur la mousse, les membres tout engourdylosés.

« Se mettre en mouvement... Faire revenir la chaleur... » Et oublier sa peur en prenant la direction opposée aux Oursiens. Par une trouée elle surprit un vol d'oies sauvages et décréta que c'était bon signe. Le dessin des lichens sur un rocher, plus loin, confirma son intuition : les dieux ne lui voulaient pas de mal. « Allons, tout va bien, pensa Alexia. Il faut juste tenir bon ! » Son estomac fit entendre un gargouillis qu'elle étouffa en posant les mains sur son ventre, sale de terre. Qu'avait-elle mangé depuis le début ? Des champignons, des baies, des herbes ! Manquait quelque chose de lourd, de lestant et fortifiant, pour alimenter le sang soumis à la double épreuve des nuits-on-gèle et des jours-on-fuit... Alexia prit ses repères. Elle avait posé trois collets la veille sur des traces de passage, avec du fil de métal récupéré sur un ponton désert, trois collets près de branches basses grignotées, marquées par des crottes plates. Elle avait installé les boucles à la hauteur d'un bras comme on le leur avait appris. Le premier collet était vide, mal placé, pas comme il fallait. Le deuxième, mal attaché, perdu, emporté par un animal. La boucle d'acier du dernier avait étranglé un lièvre qui préparait sa fourrure d'hiver. Alexia lança, à voix basse, un cri de guerre. Il faut savourer ses victoires, lui aurait dit Valère s'il avait été là pour l'admirer, pour l'aider à préparer l'animal, pour partager la viande avec elle ! Agenouillée devant la dépouille, Alexia accomplit le rite qui permettait de vivre sans honte et sans regret. « Je te remercie, Artémis, pour m'avoir donné cette prise, dit-elle. Je te remercie, frère lièvre, de m'offrir la chair, le sang, l'énergie dont j'ai besoin… »

Le lièvre sorti du piège se retrouva suspendu par les pattes. Tuer n'est qu'une étape pour celui qui a faim. Dans la doublure de son sac-manteau, Alexia prit une feuille de pierre-schiste, aiguisée avec patience devant le feu. Elle fendit la peau entre les cuisses de l'animal dodelinant puis dégagea les pattes arrière – attention, ne pas trancher les muscles ni les tendons ! La peau se tirait ensuite vers le bas, comme on déshabille, dévoilant la bête dans sa roseur lisse – odeur prenante de la chair tiède. Le ventre du lièvre s'ouvrait, libérait les viscères pâles, les parties intestinales et vaginales – c'était une hase. Plus haut, plus dedans, les reins, le cœur, les poumons, le foie – énorme le foie, énorme le cœur ! Alexia pensa : « Le blanc et le rouge partout se répondent, se côtoient, se complètent et s'opposent… Réconciliés sur le drapeau-damier de la Fédération… » Elle n'avait pas le temps de tanner la peau, perdue au pied de l'arbre-potence. Les mains dégoulinantes de sang, Alexia s'éloigna à la recherche d'un endroit sûr où faire un feu et passer une nouvelle nuit. Une nuit peur-kryptique de moins. Une nuit rêve-Valère de plus…

2. 4

Bruits de course, encore, derrière lui, bruits de pas sur le sol, bruits de branches cassées. « Ça n'en finira donc jamais ? » songe Valère. Il croyait avoir semé son poursuivant. Il a commis une erreur en s'arrêtant trop longtemps au creux de la nuit, enfoui sous une montagne de feuilles à cause de la peau abandonnée pour couvrir sa fuite. Il aurait dû repartir avant l'aube mais il a traîné, frigorifié, trop plein de somnolence. Et on l'a retrouvé ! Difficile de fuir quand on est prisonnier d'une île… Cours, cours, Valère, fuis, emporté par Hermès-ailé, inspiré par l'endurance d'Achille au pied léger ! Il dévale un vallon, va lent, trop, remonte la pente, trouve une sente, se fol-file entre les arbres. Il contrôle son souffle, il doit tenir, pas le choix, l'autre est derrière, il l'entend – il entend aussi son cœur qui bat comme un tambour les jours de chasse.

Valère ne sait plus où il va, tout à son désir de fuite. Il lui semble s'éloigner de la forêt, oui, moins d'arbres tout autour, la végétation qui dégringole en direction d'une steppe, pas bon, pas bon du tout, à découvert s'il continue… Il ne lève pas les yeux au ciel, il sait, Valère, que le dieu qui peut l'aider n'est pas dans l'éther – plus tard peut-être, avec sa squaline, l'imploration à Zeus ou Apollon… À cet instant, c'est vers la forêt que son regard se porte. Hermès l'a soutenu hier, il semble absent aujourd'hui. C'est un autre – une autre – qu'il lui faut… « Artémis, ô Artémis, toi la sœur d'Apollon, maître des squalines, apporte ton concours à un fils de la Fédération ! J'irai brûler dans ton temple le cœur d'un lièvre… » Il sait aussi que les dieux ne font pas de miracles mais donnent aux âmes la force de les accomplir, alors il ne s'arrête pas de courir, il bouscule les taillis, franchit les ravins, enjambe les ruisseaux. Et quand il se rend compte qu'on le poursuit toujours, que son énergie décline et que l'univers steppique se précipite à sa rencontre, quand pour la première fois de sa vie il envisage la défaite, la vraie, celle qui touche dans sa chair, à ce moment seulement la déesse accéda à sa prière…

Deux hommes surgirent de nulle part, comme jaillis des entrailles de la terre. L'un d'eux l'attrapa par le bras, tandis que l'autre prenait sa place, la place d'un fugitif traqué. «Suis-moi» dit l'homme. Il avait utilisé la langue de la Fédération mais Valère reconnaît immédiatement un Kourykane. Il n'hésite pas, il emboîte le pas au nomade emmitouflé dans des vêtements de peau, armé d'un arc à poulies en métal noir. Dans le creux d'un buisson, l'entrée d'une grotte, petite et basse. Ils entrent, ils se tassent. Cavalcade. Le traqueur passe tout près et ne s'arrête pas, trompé par le second Kourykane. «Il va faire courir longtemps celui qui te poursuit» dit l'homme. Un large sourire éclaira son visage rond. «Je vous remercie, toi et ton ami» dit Valère. Dans la langue kourykane. Parce que quatre langages les enfants de Nouvelle-Sparte devaient maîtriser ! Celui de la Fédération, bien sûr, le baïkalien, maternel et d'usage courant. Celui des Kourykanes, par respect-contact avec les Com-Fédérés. Celui des anciens Grecs, sur lesquels reposait la littéraire-pensée de la Fédération. Enfin celui d'Occidie, car le parler occidien faisait office de vernaculaire dans la plupart des États du Monde-d'après. Les langages du Darislam et de la Muraille, compliqués, étaient d'autres matières dans d'autres formations, pas le temps, sauf pour les diplomates, naturellement – Valère, son père en darislamien pouvait converser… Les yeux pleins de pétillance, le nomade apprécia la politesse de Valère qui usait de la langue de son sauveur. « Les jeunes kryptiques sont courageux. Les Kourykanes aiment le courage. » C'est la première fois que Valère rencontre un nomade. Il frissonne. L'homme sortit une cape en chèvre-peau de la besace posée à terre, la donna à Valère. « La kryptie se déroule tard cette année. La neige n'est pas loin. » « C'est à cause de l'attentat, dit Valère. Une explosion, en ville. Il y a eu des morts. » Le nomade hocha la tête avec une expression triste-grave. « Nous savons. Nous avons prié le Tengri pour vous. Nouvelle-Sparte est notre alliée. » Plus rien n'est besoin de dire, tout passe dans les regards. Valère aime cet homme. « Combien de jours reste-t-il ? » dit le nomade. « Trois. » « Alors tu restes trois jours avec moi. » Valère offre sa remerciance avec un sourire-soleil.

2.5

Un cri déchira les sous-bois, des oiseaux s'envol-paniquèrent. Un cri de colère. Alexia dressa la tête. Un cri de femme. C'était tout près... Cœur battant, Alexia. Feu caché sous les pierres, lambeaux de lièvre suspendus dans un arbre, hors de portée des renards. Le bâton lourd pesant dans une main, la lame de schiste dans l'autre, Alexia se dirigea vers le cri, sans bruit, à pas de louve... Elle se plaqua contre un arbre : en contrebas, dans le creux d'un val, trois Oursiens encerclaient une fille. Les yeux d'Alexia s'entre-écarquillèrent : c'était Drys ! Drys qu'agaçaient avec leurs lanières-fouets trois hommes cachés sous des fourrures d'ours. « Pourquoi tu ne veux pas être gentille avec nous ? » dit un Oursien. « Allez vous faire foutre ! » dit Drys. Des marques brunes gonflaient la peau de Drys en zébrances. Elle tenait à distance les hommes avec un bâton elle aussi, les menaçant chacun leur tour. Alexia admira son amie, si farouche dans sa colère, nue et terreuse, son corps si homme-désir. « Ne sois pas hypocrite, dit un autre Oursien, je suis sûr que tu aimes ça ! Tu travailles au temple d'Aphrodite ? J'irai t'honorer un jour ! » « Honore ta main en attendant ! dit Drys. Dégagez, par les dieux ! Vous n'en avez pas eu assez ? » Mais Alexia vit les regards des Oursiens, elle comprit que leurs sens étaient en feu. « Est-ce que les Oursiens ont le droit d'abuser des kryptiques ? songea-t-elle. Ça ne serait pas étonnant. C'est une période particulière, une parenthèse, où il est même recommandé de voler et de se battre… » Cette idée la mit en rage. Alexia lâcha la pierre, affermit sa prise sur son bâton et ferma les yeux pour invoquer à voix basse Artémis, qui ne l'avait pas abandonnée jusqu'à ce jour. « Ô Artémis ! Maîtresse des forces obscures ! Déesse de la lune qui chaque mois fait de nous des femmes ! Protectrice des vierges ! Donne-moi la force de secourir mon amie ! » Puis elle surgit en hurlant face aux Oursiens.

Le bâton tournoyant faucha la tête d'un homme qui s'effondra sur le sol. Drys comprit que c'était sa chance. Elle fonça sur un autre, reçut la morsure du fouet, répondit bravement, bâton contre lanière de cuir, colère contre stupéfaction. Le troisième

Oursien, que malmenait Alexia, n'était pas de taille. Alexia semblait soutenue par Artémis en personne, forte comme dix guerriers d'Arès ! Les hommes encore debout renoncèrent et s'enfuirent en emportant leur compagnon, abandonnant le val aux deux furies.

Elles soufflèrent, tremblant sur leurs jambes. Les bâtons tombèrent de leurs mains. Drys dit : « Les salauds... Si tu n'étais pas venue, ils m'auraient... Ah, merde ! » Alexia s'approcha, lui ouvrit ses bras. Elle se réfugia dedans, Drys, elle laissa couler ses larmes. « C'est fini, dit Alexia. Tu as été formidable, Drys, vraiment. » Drys sourit pâlement. « Ils ne reviendront pas de sitôt ! Je suis sûre qu'ils ont cru qu'Artémis en personne leur mettait une raclée ! » « Il y a de ça, dit Alexia. J'ai invoqué la déesse avant de me jeter sur les Oursiens. » Drys rit. « Je n'aurais pas pu le faire. » « Ah ? » « Je ne suis plus vierge, tu sais. » « Je ne savais pas... » Elles s'assirent sur les feuilles, Alexia partageant son manteau froissonnant avec son amie. « Bah, dit Drys, c'est avec Dromas, le mois dernier. » « Le beau gosse du Cercle Empédocle ? » « Oui. » « Et alors ? » « Décevant ! » Elles rirent. « J'espère que les prêtres de Dionysos sauront mieux y faire ! » Elles rirent encore. « Tu n'as jamais eu envie d'essayer ? La Fédération n'est pas l'Occidie, Alexia, elle ne juge pas la nature. » « Ce n'est pas la question » dit Alexia. « Valère ? » « Valère. » Elles sourirent. « Tu as faim ? J'ai mon campement tout près. Des braises sous des pierres. Un reste de lièvre grillé. » « Tu me vends du rêve, dit Drys. Allons-y ! » Elles se lève-entraidèrent. Dernier regard, intense. « Merci, mon amie, dit Drys. Je n'oublierai jamais. »

2. 6

Le nomade prévint de leur arrivée en imitant le cri d'une mouette à tête noire. Dans un bosquet au creux d'une des parties steppiques d'Olkhon, invisible avant d'avoir le nez dessus, un campement de tentes, un assemblage de poteaux et de peaux, de tuyaux métalliques crachant-fumée, des gamins courant-criant, des bêtes dans les enclos, chèvres, yacks et chevaux. Valère dévore tout de ses yeux. Une odeur de viande grillée manque de le plonger en défaillance. Le Kourykane s'en aperçut, le soutint jusqu'à sa propre tente – lueur des flammes dans le foyer-jamais-éteint. Chaleur… Valère tombe dans les coussins. Une femme tapa sur la main du nomade qui cherchait un morceau de viande. « Imbécile, dit-elle. Il doit d'abord retrouver des forces et boire, sinon il rendra ce qu'il va manger. » Elle remplit un bol de bouillon. Fumant et salé. Il n'a jamais autant aimé se brûler la bouche, Valère. « Merci, madame. » En langage kourykane. La femme hocha la tête. Valère boit, vide le bol. La tête lui tourne. Il s'allonge. Le sommeil le prend dans un bourdonnement.

Quand il émerge, la nuit s'était invitée. Le nomade discutait à voix basse avec sa femme près du poêle. On avait posé une couverture sur lui. Valère soupire de bien-être. « Est-ce que tout ça est interdit par la kryptie ? songe-t-il. Non, sûrement pas. Tout est permis pendant la kryptie, à condition de ne pas se faire prendre… » Et le risque de se faire prendre lui paraît invraisemblable. Il se redresse. Ses hôtes cessent de parler. « Comment tu te sens ? » dit le nomade. « Mieux. Grâce à vous. Puissent les dieux vous rendre vos bienfaits. » Il se mord la lèvre à peine les mots sortis. A-t-il commis un impair ? Quelles croyances déjà fondaient la communauté kourykane ? Le nomade sourit, apaisant ses craintes. « Puissent-ils te soutenir jusqu'à la fin de tes épreuves. Je m'appelle Kharan et ma femme Evenka. » « Moi, Valère ! » Puis il interroge, ragaillardi : « Quels dieux prient les Kourykanes ? » « Beaucoup ! Nous prions le Ciel-Père Tengri, la Terre-Mère Atügan, le Maître de la Vie Rouge qu'on appelle aussi le Chasseur, sa sœur Clairvoyance, la Grande Ourse Doloon, ainsi qu'une multitude d'esprits à la fois bienfaisants et tyranniques ! Et toi ? » Valère prend son temps pour répondre. « Nous prions l'imprévisible et talentueux Zeus, fils de Cronos-le-temps, petit-fils de votre Tengri et de votre Atügan. Nous prions l'épouse de Zeus, Héra-la-fidèle, son frère Poséidon le dieu des eaux, des tremblements de terre et des chevaux, sa sœur Hestia qui garde le feu. Nous prions également Aphrodite-amour, Artémis-chasseresse, la sage Athéna-guerrière, Déméter-des-moissons, Hermès le flûtiste au vol-pied, Héphaïstos le forgeron boiteux, Dionysos l'inspiré, Arès-le-fort protecteur des jeunes gens, Apollon lumineux. Nous craignons enfin Hadès, maître des Enfers et juge des morts… J'en oublie, je n'ai cité que les principaux ! » Le nomade et sa femme rirent. « Et nous qui nous plaignons d'avoir trop de dieux ! » Valère rit à son tour. « Ne vous inquiétez pas, on s'en sort plutôt bien : on leur a construit des temples et des prêtres s'occupent d'eux à temps plein ! » L'hilarité les gagne tous les trois. L'ambiance était belle sous la tente de peau. Kharan dit : « Le divin a plusieurs visages et s'adresse à chacun… Pour nous les Kourykanes, hommes et femmes libres de la steppe immense, il prend l'apparence du ciel-horizon, de la terre-pâture, d'un grand Chasseur et d'une constellation ! » « Et pour moi, songe Valère, héritier des aèdes-guerriers du Monde-d'avant et fils des bâtisseurs de Nouvelle-Sparte, celle de dieux jouant des coudes pour retrouver une place dans le cosmos… » Il dit à Kharan qui attend sa réponse : « Oui, tous les dieux sont respectables, ils sont autant de facettes de la divinité-monde… » Le nomade hocha la tête, satisfait.

Enfin Valère se sent prêt à manger davantage. Kharan lui servit une belle tranche de viande grillée, pas de la chèvre ni du yack mais du cheval, la chair goûteuse inimitable. Il mord dedans, quel délice ! Alors seulement il remarque la barre anxieuse sur le front de son hôte. Il se permet un regard interrogatif. « Mon ami, celui qui a pris ta place ce matin, dit Kharan. Il n'est pas rentré. Ce n'est pas normal. » Le cœur de Valère se serre brusquement. Cet homme est peut-être en danger. « Que puis-je faire ? » dit-il. Avec une sincérité qui tira un sourire à Evenka. « Prie tes dieux, dit la nomade. Tous tes dieux ! Il en a certainement besoin… »

2.7

Un feu gigantesque brûlait sur la presqu'île rocheuse où les kryptiques avaient pour consigne de se rendre le soir du neuvième jour. Drys et Alexia marchaient en devisant, la tête remplie d'excitance. Fini la kryptie, fini les épreuves, la peur, la faim, la terrible froidure ! Des dizaines et des dizaines de jeunes Fédérés convergeaient en direction des flammes, tous éprouvés, marqués par les neuf jours et les neuf nuits, leur corps, leur cœur, leur âme secoués, certains victimes des Oursiens, les autres des ravages de la solitude, du face-à-face avec la nature sauvage – avec eux-mêmes. Drys dit : « Tu penses à Valère ? » Alexia hocha la tête. Sûr qu'elle y pensait à Valère ! Est-ce qu'il avait souffert ? Est-ce qu'elle le retrouverait parmi tous les autres ce soir ? Elle dit : « Tu sais ce qui nous attend ? » « J'ai entendu les rumeurs, comme tout le monde. Il y aura à manger, à boire. Des discours sûrement. »

« Et les Ordres ? Tu sais comment ça se passe ? » « Je crois qu'on sera répartis dans les prochains jours. » Alexia dit : « À ton avis, tu seras Harfang-des-Neiges ou Aigle-Soleil ? » Drys fit sa moue-moqueuse. « J'ai toutes les qualités, ça sera dur pour eux de choisir ! » Elles rirent. « Demain tout sera différent » dit Alexia. « Et tout restera pareil ! Toi l'académie Ikaros, moi la Base-Phœbé. » « Toi dans les bras des prêtres de Dionysos, moi dans ceux de Valère » dit Alexia. Rêveuse. Drys lui caressa la joue. « Je l'espère, ma chérie. Pour toi comme pour moi ! » Elles rirent encore. Avant d'être emportées dans le flot des corps avides d'instant-magique, pulsant de jeunesse, brûlant d'une vérité-méritée à propos d'eux-mêmes, à propos de la Fédération qu'ils rejoignaient comme citoyens, abandonnant leur peau de fils-et-filles-de, dans le mystère glacé de la nuit.

La foule des kryptiques bruissait de rires et de parlances, faisait frémir les arbres de la Baïkalie. Valère ne sait où aller, il se laisse porter. Des visages connus, d'autres non, tous ses frères-sœurs de dure kryptie. Il s'enivre des autres, corps-chaleur-odeur, tout ça très animal, la joie d'être en grande vie, en pleine vigueur ! Il ne cherche pas Alexia – peine perdue dans l'exubérance et la cohue. Il s'imprègne du moment unique. Son je-suis et son je-fais fondus-confondus dans l'être-là, l'instant présent. « L'ici-et-maintenant » songe Valère. En fermant les yeux il se récite des philo-principes baïkaliens. « *Quand le passé n'existe plus et l'avenir pas encore, je m'abandonne à l'instant… J'essaye d'être présent à moi et au réel…* » Le nomade l'avait conduit en vue du rocher qui servait aussi, à d'autres époques de l'année, à des cérémonies kourykanes, avant de l'étreindre et de se fondre dans l'obscurité, emportant avec lui les interrogations qui taraudaient Valère. L'autre homme, celui que l'Oursien leurré avait poursuivi dans la steppe, jamais n'était revenu au camp. Valère avait partagé la détresse de Kharan et d'Evanka, inquiets pour leur ami nomade. Pas de culpabilité, non : le disparu s'était engagé lui-même sur un fil de ce destin que tissent les Moires pour chacun. Juste de la tristesse, intense…

Mais les pensées de Valère sont interrompues par un vaste grondement. Devant le bûcher, surplombant majestueusement la foule des jeunes Néo-Spartiates, le Commandeur Thérion se tenait, et à ses côtés les grands-prêtres des douze Olympiens, et les représentants des autres Assemblées. Une ovation terrible monta de l'étoffe humaine. Le

Commandeur leva la main pour réclamer le silence. Il dit : « Jeunes gens de la Fédération ! Ferments d'avenir ! Les épreuves kryptiques vous ont transportés dans un autre monde ! Une nouvelle période de votre vie commence ! Vous voilà désormais citoyens de votre patrie baïkalienne ! Il vous sera beaucoup demandé et en retour vous recevrez beaucoup ! Je tenais en personne non pas à vous féliciter car vous avez accompli votre devoir, mais à vous souhaiter la bienvenue dans cette Fédération qui reste à bâtir tous les jours ! » L'ovation se fit rugissement et la clameur mit longtemps à s'éteindre. Le Commandeur dit : « Cette nuit sera inoubliable ! Tous vous allez prêter le serment postkryptique ! Tous vous festoierez, chanterez et danserez ! Et plus tard, tous vous rejoindrez l'un ou l'autre des Ordres du grand Damier ! » Silence. Absolu. Rien ne bougeait. Un gigantesque drapeau fut déployé depuis l'estrade, aux couleurs de la Fédération. La grande-prêtresse d'Hestia s'avança. Elle dit : « La force de la Fédération ne réside ni dans ses satellites-tueurs ni dans ses féroces squalines, mais dans le caractère de ses citoyens ! Leurs vertus – courage, ruse, tempérance – sont le vent qui nous porte vers tous les rivages ! La clef de tous les trésors, le marteau qui forge les patries vivantes, le bouclier sans lequel aucune civilisation ne saurait durer ! » Tandis que dans un coin de la foule Alexia et Drys vibraient d'enthousiasme, Valère gonfle ses poumons pour hurler à l'unisson avec ses compagnons. Ils disent : « Indomptables, les enfants de la Fédération ! Bienveillants, nos dieux souverains ! » La nuit ne faisait que commencer.

2. 8

La lune luisait d'étrange manière dans la brume. Valère avance au milieu des arbres, aveugle à moitié, à peine éclairé par la flamme vacillante des torches qui froissent l'obscurité. On était venu le réveiller tandis qu'il dormait près du rocher sacré, dans la chaleur des fourrures largement distribuées, le ventre plein des tranches de lard grillées et des pommes de terre au goût de cendre, la tête vibrante de bière sombre servie au fût. On lui avait rendu sa vêture et, plus important, ses bottes avec lesquelles il fouli-foule à présent et broie et écrase les branches et pignes et guilles si cuisantes. « C'est l'heure des Ordres, songe Valère. Lequel m'a choisi ? » Car on était triple dans la Fédération, défini par sa fonction – pilote il veut, Valère un jour – et par son statut – citoyen il est, Valère désormais – et par son appartenance – Harfang-des-Neiges ou Aigle-Soleil, il frissonne, Valère, bientôt il saura, il sera. Une fonction pour le je-fais, un statut pour le nous-ensemble, une appartenance pour le je-suis… Il marche longtemps. Puis devant lui, crevant la nuit, des torches éparpillées. Une assemblée, au pied d'un cèdre énorme, autour d'une femme masquée portant un manteau de plumes blanches. « L'Ordre du Harfang… pense Valère. L'Ordre des tempéraments contemplatifs et réfléchis… L'Ordre des caractères mystiques et spirituels… » Valère ne s'étonne pas. Les Ordres ont leurs sagesses ! La femme-plumes s'adressa à lui dans le silence et la pâle clarté des brandons. « Quel est le socle de l'intuition homérienne ? » Il sait ! « La nature » dit-il. Autour de lui, derrière lui, des dizaines de voix entonnèrent le premier mantra. « La nature est le socle ! »

Ses guides le poussèrent en avant, loin du grand cèdre, loin de la femme ailée, loin des Harfangiens. Puis devant lui, déchirant la nuit encore, des torches dispersées. Une autre assemblée, devant une gigantesque pierre plate sortie de terre, retournée face au ciel d'encre. Une autre femme cachée sous d'autres plumes blanches. « La chouette des neiges, songe Valère, l'oiseau qui voit la nuit et dont la tête pivote intégralement… Rien ne lui échappe… Surtout pas les lueurs sourdant des ténèbres… » La femme lui fit signe. Valère approche, découvre sur la roche des gravures anciennes, magnifiques, et en entrelacs des caractères grecs tirés de Pythagore. Elle dit : « Quel est le but de l'intuition homérienne ? » Il dit : « L'excellence. » Autour de lui, derrière lui, des centaines de voix entonnèrent le deuxième mantra et Valère récite aussi. « L'excellence est le but ! »

Ses guides l'entraînèrent encore, loin de la pierre, loin de la femme, loin des torches rassemblées. Il escalade et grimpe un sommet inconnu. Puis devant lui, comme si un rideau était tombé, l'incroyable lac Baïkal. Des myriades d'étoiles s'y miraient sous les voiles d'une lune vaporeuse. Les montagnes noires se découpaient sur le ciel nocturne. Valère a le souffle coupé. Ému jusqu'au fond de l'âme. Pas de torches cette fois – les dernières s'éteignirent. Silhouette blanche. Une troisième femme. Elle dit : « Quel est l'horizon de l'intuition homérienne ? » « La beauté… » Autour de lui, derrière lui, des milliers de voix entonnèrent le dernier mantra et Valère hurle avec les autres. « La beauté est l'horizon ! » C'est fini. On l'entoure, des bras le prennent, il ne sait qui, il ne sait combien, seule la certitude qu'il sera reçu cette nuit dans l'Ordre du Harfang-des-Neiges et qu'il pourra le lendemain et pour sa vie entière arborer le symbole de l'oiseau clairvoyant.

2. 9

Aujourd'hui le vent charriait des odeurs de neige. Les avenues de Nouvelle-Sparte étaient arpentées par de rares passants. Valère marche, mains enfoncées dans les poches d'un manteau en peau de loup, plus chaud que la veste de feutre. Près du col, l'insigne de l'académie Ikaros, squaline d'or sur fond rouge et blanc. Près du cœur, la broche rouge et la silhouette blanche de la chouette harfang. Dans le regard, la conscience du kryptique, celui qui a franchi la porte, apte à devenir citoyen. Son cœur se gonfle, il se sent complet, Valère, il ne lui reste qu'à trouver la paix – qu'à faire la paix.

Le temple d'Artémis se dressait au centre d'un bosquet d'arbres d'or. Alexia, assise sur un banc en forme de biche lovée, se leva à son approche – il la voit et se déchaîne l'éponge-à-sang dans sa poitrine ! Elle dit : « J'ai cru que tu ne viendrais plus. »

« Je suis passé remercier Hermès avant. Ce n'est pas tout près ! » Alexia. Mange-la des yeux, Valère, avant qu'un autre ! Il ne l'avait pas retrouvée sur la montagne des kryptiques. Il avait mis son âme en patience. Jusqu'au retour dans la cité. Valère aperçoit, épinglée sur la cape de zibeline gracieuse, la broche blanche et la rouge silhouette aiglonne. « Elle a été reçue chez les Aigles-Soleil, songe Valère. Pourquoi ne suis-je pas étonné ? L'Ordre des actants et de l'aventure, de l'auda-courage et des valeureux… » Il ne connaît de la nuit des Aigles que ce que la rumeur porte, des épreuves de dureté, les réponses du corps et du caractère, quand celles des Harfangiens étaient du cœur et de l'esprit. Il sait d'avance qu'Alexia ne lui racontera pas, car chaque Ordre aime le secret. « Tu attends qu'il neige ? » dit Alexia. Taquine. Il l'adore. « Après toi » dit Valère. Ils franchirent les colonnes du péristyle et pénétrèrent dans le bâtiment sans gardance. Les temples étaient ouverts en permanence et à tous dans la Fédération – pas comme dans le vieux Monde-d'avant. Au centre, la statue de la déesse, de pierre, de bois et de métal, sublime. Artémis semblait vivante avec ses yeux de lapis et ils venaient lui rendre hommage pour honorer une promesse. Des bassins tout autour, de roche claire, remplis de résine enflammée, projetaient sur l'idole et les murs nus des ombres vivantes. On racontait que les prêtresses d'Artémis, quand elles ne vaquaient pas à leurs devoirs au temple, formaient les plus farouches chasseurs de la Fédération et les plus savantes expertes du comportement de la lune…

Valère prend une boîte dans sa poche et en sort un petit cœur sanguinolent. Il tend la main en direction de la statue, présente son offrande paume vers le ciel avant de la laisser choir dans le foyer de l'autel où elle grésilla en dégageant la fumée qu'aimait tant la déesse. Il dit : « Artémis ! Je t'avais promis le cœur d'un lièvre si tu m'accordais ton aide. Alors que j'étais en danger, tu m'as envoyé des mains secourables. Je te remercie, grande déesse, d'avoir répondu à ma prière. » Valère recule, cède la place à Alexia. La jeune fille planta son regard dans celui d'Artémis, son offrande au-dessus des flammes – une patte de lièvre. « Artémis… Tu m'as donné la force de secourir une amie qui en avait grand besoin. Pour m'avoir insufflé courage et belliquescence, voici ce que je t'offre : le pied-léger d'un animal coureur de lune… » Nouveau grésillement, nouvelle fumée. Pas de prière définie, pas de formule établie, pas de geste précis – sinon celui de l'offrande. On parlait aux dieux avec les seuls mots de son cœur… Ils quittèrent le temple dans la pleine savourance du rite accompli, accomplissement qui les rendait libres-joyeux de leur promesse. Il n'était jamais bon d'être en compte avec les dieux. « Et maintenant ? » dit Alexia. « On va boire une stellaire quelque part, dit Valère. On évoquera la neige qui vient. On se racontera notre kryptie. Je te dirai des poèmes de Kardia et d'Anacréon. » Elle lui sourit. Valère prend conscience qu'il n'a sans doute jamais de sa vie été aussi heureux.

3.

AU MILIEU DE LA NEIGE QUI TOMBE

3.1

Le hangar immense de la base Ikaros, dans les profondeurs du Baïkal, pulsait de luisances bleutées. Les élèves de première année faisaient cercle autour de la squaline désossée, disséquée par d'autres étudiants d'une autre école d'excellence, celle des ingé-techniciens d'Héphaïstos le dieu boiteux, seigneur du feu et du marteau – un enseignement dispensé à l'abri de mystérieux bâtiments, dans les montagnes, au cœur d'un ancien volcan... L'ingénieur-chef se tenait droit aux côtés de l'instructeur. L'instructeur dit : « À la fin du mois, les squalines n'auront plus de secret pour vous. » L'ingénieur dit : « Si vous vous écrasez quelque part, que vous en sortiez vivant – plaise aux dieux – et que votre aéronef ne soit pas complètement détruit, vous devez être capable soit de le réparer pour repartir, soit d'emporter avec vous les éléments essentiels-confidentiels. » Jamais il n'avait autant parlé. Les futurs pilotes écoutèrent avec une attention accrue. « Ailes, ailerons, dérive, volets, tuyère à clapet, nez, entrée-en-ouïes, habitacle étanche... Moitié requin, moitié faucon... Apte à nager comme à voler... Poisson volant... Prédatrice des airs... Métal et cuir... Moteur hydrogène... Capteurs solaires... Verre spécial... Très peu d'électro, l'âme de la machine c'est le pilote, ses réflexes, ses intuitions inspirées... »

Comme à son habitude, Valère avait programmé sa microtablette en mode calliscription. Il dévore des yeux les organes de la squaline exposés sur le sol du hangar sous le regard froid de ses sœurs rangées en ordre de marche, prêtes à plonger dans le sas, à gagner la surface, jaillir du lac et s'ébrouer dans les airs ! Les élèves furent invités à s'approcher, à fureter parmi les pièces, les toucher, les regarder, les renifler, les comprendre. Valère s'attarde sur le bloc de métal sombre qui renfermait le mystère de la fusion, le creuset alchimique où l'hydrogène devenait souffle et donnait vie à la squaline. Alexia se coula vers lui. Il dit : « Tu as l'air déçue. » Elle : « Un peu. Je m'étais bêtement imaginé que les squalines étaient vivantes quelque part. » Valère caresse l'hydro-moteur. « Il est là ton quelque part ! dit-il. Touche, vas-y : il y a quelque chose qui bat là-dedans. » Alexia lui sourit. « Tu aurais été plus à ta place dans le Cercle Empédocle ! » Valère se moque. « Un pilote de squaline est forcément poète ! Ma place est ici. » Près de toi il aurait ajouté, Valère, s'il avait été courageux. Il se contente de la fixer gravement. Alexia battit des paupières. Valère se racle la gorge. « Est-ce que l'un d'entre vous veut tester l'habitacle ? » dit l'instructeur. Alexia leva la main quand Valère en est encore à s'interroger sur lui-même. « Je reste un indécrottable Harfangien, songe-t-il. À réfléchir à outrance... Tandis qu'elle, Alexia, fonceuse-on-verra, fait honneur à sa nature aiglonne ! » Sans hésitance Alexia se hissa dans la carlingue posée au sol et s'assit dans le fauteuil du pilote comme Valère en clandestin deux semaines plus tôt. Deux semaines : un claquement de doigts et une éternité, celle de la kryptie et de la nuit des Ordres blanc-rouge ! L'instructeur dit : « Désolé mais le siège n'a pas eu le temps d'être chauffé par un prêtre d'Apollon ! » Éclats d'hilarance et rires-en-cascade. Alexia rougit, œil-en-brillance. L'instructeur détailla les commandes, longuement, les élèves agglutinés, même Valère au bord toujours de la songerie. « Est-ce qu'Alexia dit vrai ? Est-ce que je suis là pour de mauvaises raisons ? »

Le cours s'acheva avec l'ingénieur qui les attendrait le lendemain, après les exercices du gymnase, pour un croquis de mémoire sur la squaline éparpillée. Les élèves avaient alors le choix : rester sur place ou Sparte-rentrer. Un dortoir austère, une salle où l'on servait des repas frugaux, une vaste pièce à vivre remplie de livres et de maquettes d'aéronefs… Ou bien un long aller-retour à Nouvelle-Sparte. Valère et Alexia choisirent de rester.
«Valère devrait être ailleurs qu'à l'académie, c'est sûr, songea-t-elle. Mais il est à Ikaros, autant en profiter ! Même s'il ne dit rien, il est là et ça me plaît…»
«Il n'y a que ma mère qui m'attend en ville, pense Valère. Et l'absence d'Alexia. D'où je suis, je l'entends respirer, je peux même sentir ses cheveux. C'est tout ce que je demande aux dieux : pouvoir sentir ses cheveux…»

3. 2

Alexia se pencha vers Valère. Effluves floraux. «Tu en es où ?» Valère relève le nez de ses feuilles. «J'ai pratiquement terminé. Je crois que je n'ai rien oublié !» Alexia pointa un doigt sur le dessin de Valère. «Ici. Un missile Harpia, porté disparu !» «La gaffe ! Bien vu, merci.» «Les satellites-Phœbé sont équipés des mêmes missiles, tu savais ?» dit Alexia. «Non... Et toi, qu'est-ce que tu fais ? Tu ne travailles pas ?» «J'ai fini depuis longtemps ! Je regarde un épisode glamourant en provenance directe d'Occidie, sur ma microtablette.» «Et... c'est bien ?» Alexia réfléchit. «Je ne sais pas. Tout paraît surjoué, et mièvre, et peu crédible.» Valère dit : «C'est... glamourant, quoi.» Alexia le fixa droit dans ses yeux transparents. «Qu'est-ce que tu penses de l'amour, Valère ?» Valère sursaute. Il ne s'attendait pas à cette question. «De l'amour en général ou de l'amour glamourant ?» «De l'amour.»

Valère prend le temps, gêné par les cognements de son cœur. Est-ce que c'était un test ou une réelle curiosité alexiane ? Il choisit la prudence. « Pour Homère, la beauté, c'est comme une guirlande ou une couronne. Eh bien, pour moi, l'amour c'est la même chose, c'est quelque chose qui est tressé et qui embellit tout. Des liens qui se mêlent... Qui échappent à la raison et à la compréhension... » « Bref, l'amour ! » dit la jeune fille. Valère tente de poursuivre, s'arrachant au regard d'Alexia. « Seulement l'amour a son revers. Parce que le bonheur d'être lié s'éteint un jour. Éros est ami de Thanatos, la Mort. Thanatos : fils de la Nuit et frère du Sommeil... L'amour n'est qu'un instant... » « Amour, Nuit, Sommeil » dit Alexia. Rêveuse. Elle posa sa tête sur ses bras. « Il y a d'autres amours que celui d'Éros ? » Valère se racle la gorge. « Eh bien, il y a l'amour d'Aphrodite... Aphrodite, la mère de Phobos qui repousse et d'Harmonia qui assemble. Tout un programme ! Pour la déesse, l'amour n'a pas de sens et seule compte l'expérience amoureuse... »

Alexia semblait réellement intéressée par les disances de Valère. Au grand étonnement du garçon – il se pensait rasoir. « Continue » dit-elle. « Continuer quoi ? » « À me parler d'amour. » « Eh bien, si on veut, on peut ajouter à l'amour selon Éros et Aphrodite celui d'Héra et d'Hestia… Héra, mère d'Héphaïstos, celui qui construit, qui fabrique ce qui dure. Hestia, déesse de la flamme du foyer. On les invoque dans les mariages parce qu'elles sont garantes du lien à faire durer, de la flamme à entretenir. » Alexia hocha la tête. « C'est beau ce que tu dis. Ça ne répond pas vraiment à ma question, mais c'est peut-être parce qu'il n'existe pas de réponse. » « Au contraire, il en existe trop ! Je n'ai juste pas trouvé celle que tu attendais. » Alexia soupira. « Je n'attends rien. Parce que j'attends tout. » Valère prend une inspire et se lance-vide-son-sac. « Tu sais, l'amour, je pourrais t'en parler encore longtemps, parce que j'ai lu des poètes et écouté des philosophes, mais en fin de compte, je n'ai pas grand-chose à en dire ! Qu'est-ce qu'on a vécu à seize ans ? L'amour… Il se nourrit des difficultés qu'il rencontre, des oppositions qu'il surmonte, des accords qu'il tresse… Je crois que c'est ce que les dieux, tous ensemble, essayent de nous dire. » Alexia se mit à applaudir doucement, embarrassant Valère qui ne sait pas si elle se moque de lui, embrasant Valère qui se réfugie de nouveau dans son regard à elle si brillant.

3. 3

Valère sur le banc de bois est attentif aux mains qui le massent. Une salle d'embrocation pour préparer les athlètes ! Une salle d'embrocation pour que les athlètes se préparent, pour qu'ils profitent du dernier moment de calme avant la tempête des corps et des volontés. Les jeux Démétériens… Trois jours de compétition en l'honneur de la déesse Déméter pleurant les rivages verdoyants de Baïkalie. Déméter rejoignant son époux Hadès dans les profondeurs terrestres, abandonnant le pays à la neige et au froid, à l'absence momentanée et apparente de vie… Il fallait donc arroser le sol gymnique de sueur et de sang pour donner à la déesse le goût de revenir ! Hier les concours de chant et de musique, d'éloquence et de poésie. Demain les courses, les sauts et les lancers. Aujourd'hui les épreuves lourdes : lutte, pugilat et pancrace. Les citoyens de la Fédération étaient entraînés durant leur agogé à toutes ces disciplines. Mais la nature, les natures portaient chacun vers l'une plus que les autres. « Qu'est-ce qui m'a pris de m'inscrire à cette épreuve ? pense Valère. J'aurais dû choisir poésie et éloquence... Dans l'arène m'attendent des hommes, des pancratiastes accomplis. Ce ne sont plus les combats-jeux de l'agogé ! Je vais me faire massacrer. » Il se relève et déplie son corps huilé-luisant, dense et trapu, énergique et musculeux, taillé pour l'affrontement. Il se dirige à petits pas vers la halle sportive, y jette un regard. Les gradins du gymnase étaient remplis en craquance. « Inutile de flipper pour rien, pense Valère. Je vais essayer d'être à la hauteur, de me battre jusqu'au bout et de mon mieux ! Pour faire honneur à mon père... et attirer sur moi la bienveillance des dieux ! » Pour impressionner Alexia, ajouterait-il s'il était vraiment honnête – c'est la vraie raison de sa présence parmi les pancratiastes. Alexia, quelque part sur les bancs... Il cherche le calme dans son je-suis. C'était au je-fais de jouer à présent. « *Le monde entier est en lutte ! Le saumon contre le courant, les racines du pin contre le rocher, l'oiseau contre le froid de l'hiver... Combats et sacrifices participent de la marche de l'univers... conduisent à son indispensable équilibre...* » Mais les philo-principes restaient une maigre consolance à l'heure de vérité !

Valère rejoint au pas de course l'espace aménagé au centre du gymnase, tapis *skamma* de feutre épais, douze mètres sur douze. Son adversaire était comme lui vêtu d'un simple caleçon étroit sans prise, en huilance pareillement. Le double de son âge. Le double de son poids. « Par les dieux ! pense Valère. Ça va être vraiment chaud ! » Les deux athlètes firent rouler leurs muscles. Le pancrace, c'était tout à la fois le corps à corps de la lutte, les coups de poing du pugilat, et puis le reste à l'exception de l'arrachage des yeux et des morsures, jusqu'à l'abandon ou le hors-combat. Le juge central leva le bâton *ravdos* qui servait à punir les manquements. Les deux athlètes se placèrent au centre du tapis. Valère et son adversaire honorèrent ensemble leur entraîneur – le maître pancratique – qui hocha la tête. Ils se tournèrent ensuite vers le public qui applaudit. Puis ils se saluèrent. Le juge dit : « Allez ! » Valère adresse une prière, non pas aux dieux mais aux mânes d'un champion. « Polydamas ! Toi qui as terrassé un lion sur l'Olympe ! Toi qui as vaincu les trois pancratiastes de Darius ! Toi qui as remporté la quatre-vingt-treizième olympiade ! Inspire-moi ! » Sous les cris d'en-courage et les hurlements stimulatoires, les deux combattants se jetèrent l'un sur l'autre. Coups de pieds-coudes-genoux, parés-bloqués, agrippements sur peaux glissantes, à terre, se relever, se frapper debout, à terre de nouveau, s'étrangler, nouer ses jambes-bras-tête autour de l'autre… Le juge se précipita, coup de bâton noueux sur l'épaule de Valère qui, de lutte furieuse, avait mordu l'adversaire dans le cou… Chocs des os sur la chair et des os sur les os. Valère mauvais placement, coup mal contré. Il vacille, titube, baisse sa garde, encore un coup, s'écroule, le monde tourne, le monde flou… Le juge intervint pour arrêter le combat et déclara vainqueur l'adversaire. Ovation du public. Le champion releva lui-même Valère. « Tu as bien cogné, garçon. Une rude bataille. » Valère, la bouche ensanglantée, avale avidement le compliment avec un sourire rouge. Son esprit embrumé peine à trouver une réplique. « Une chance pour toi que le juge ait arrêté le combat… J'allais passer à la vitesse supérieure… » L'autre rit. « Je m'appelle Agriodos. Je me tiens à ta disposition pour la revanche ! » Valère n'a pas le temps de répondre : une furie blonde se jeta sur lui. C'était Alexia, rayonnante de fierté mais l'œil inquiet. « Valère ! dit-elle. Tu as été formidable ! Est-ce que ça va ? » Valère hoche la tête, c'est tout ce qu'il peut faire. Agriodos confia Valère à Alexia. « C'est un brave. Il mérite tes attentions. » Puis il s'en alla saluer ses amis dégringolant des tribunes pour le féliciter de sa victoire à grands coups de claques dans le dos. « Tu veux aller te rincer dans la salle d'embrocation ? » dit Alexia. Elle soutenait avec peine Valère tout glissant d'huile. Il dit : « Non. Sortons d'ici. J'ai besoin de froid. Pour anesthésier la douleur. » Alexia se mordilla les lèvres. « Tu as mal où ? » « Partout » dit-il. « Tu ne récupères pas tes affaires ? » « Après. Plus tard. Du froid, vite ! » Ils sortirent du gymnase, marchèrent un peu dans le gris de la journée qui finissait. Alexia dit : « Ça va mieux ? » Valère commence à retrouver ses esprits, surchauffés au même titre que son corps. « Je crois. J'avais tellement chaud ! »

Puis le sol trembla dans un grondement de monstre blessé. On aurait dit qu'un dragon sortait de terre. Valère perd l'équilibre, Alexia tomba, ils se raccrochèrent l'un à l'autre. « Valère ! Qu'est-ce qui se passe ? » « Je ne sais pas ! » Ils regardaient autour d'eux, hébétés. Une explosion terrible avait détruit un morceau de gymnase, emportant dans les airs, avec les débris, des hurlements et des flammes.

3. 4

De la cabane, la vue embrassait une rive sauvage du lac. C'était là qu'Alexia et Valère avaient choisi de se rétablir, ayant rassemblé leurs amis, de la nourriture en suffisance, des breuvages corsés pour apaiser les sens. Le nécessaire pour s'affranchir du trauma… Terribles jeux Démétériens. Des morts encore, des blessés, les Assemblées sur les dents, jamais encore, dans l'histoire de la Fédération ! Inadmissible, impossible, inenvisagible ! Honte ! Scandale ! Citoyens-colères ! Et les athlètes, et les spectateurs, trois jours de repos pour tous, pour se reprendre, apaiser les je-suis, calmer les je-fais. Alexia et Valère avaient voulu la forêt et la proximité du lac-mère. Avec Drys et Skelios. Trois jours à épuiser les provisions de victuances et de pousse-à-l'ivresse. À faire reculer la nuit sous les assauts discutatoires et les hommages-silences aux étoiles…

Valère regarde la constellation de la Grande Ourse par le trou des feuillages, enfoncé dans son épais manteau en fourrure chaude, allongé sur les planches de la terrasse, la tête d'Alexia sur son épaule droite, Drys sur la gauche, Skelios sur une autre épaule – celle de Drys. Au milieu des bouteilles vides. « Doloon, songe Valère. Aucun dieu n'est de trop en ce moment ! Si tu pouvais faire quelque chose pour les Baïkaliens… » Valère sent le souffle d'Alexia dans son cou. Il pense : « Et si je mourais là, maintenant, tout près d'elle, à côté de mes amis ? Ce serait peut-être la meilleure des choses. » Alexia dit : « À quoi tu penses, Valère ? » Il préfère mentir à demi. « Je pense aux Kourykanes. Je viens de prier un de leurs dieux. » Skelios dit : « Les Kourykanes ont envoyé une ambassade à Nouvelle-Sparte en partage de douleur. Mon père y était. Tout le monde a fortement apprécié. » Skelios privé de kryptie à cause de sa jambe, en attente de la promotion prochaine… Il rongeait son frein. Drys dit : « Peut-être que les dieux nous adressent une mise en garde ? » « Quelle mise en garde ? » « Je ne suis pas prêtresse. » Elle haussa les épaules. Alexia dit : « D'après toi, nous méritons les malheurs qui nous frappent ? » « Assurément ! Puisque nous ne sommes capables ni de les empêcher ni de punir leurs auteurs. » Ils s'abîmèrent dans la réflexion. Puis Skelios s'ébroua. « Bon, je vais piquer une tête dans le lac. Quelqu'un m'accompagne ? » Drys se redressa. « Moi ! » Ils se levèrent tous finalement, dévalèrent la pente jusqu'au rivage.

Les étoiles et la lune rivalisaient de luisances sur la surface ridée. Ils se déshabillèrent, frissonnèrent peau nue dans le froid très vif. Ils se contemplèrent dans le halo stellaire. Drys, tirée en avant par des seins ronds, chairs douces agitées par un souffle intérieur, lèvres frémissantes… Skelios, la sécheresse d'un arbuste de la steppe, les muscles d'un cep de vigne – terrible cicatrice le long de la jambe –, les fesses grêles… Valère, le corps émaillé de bleus pancratiastiques, si dense, si dessiné, sans grâce, Valère le sexe épais à demi tendu malgré le froid parce qu'Alexia. Alexia en frissons. Ses cheveux dénoués dissimulaient à peine la poitrine dure et menue, le ventre plat, la toison blanche d'être pâle. Personne ne s'entre-cache. Pas de honte. Pas de pudibonderie occidienne. La fondamentale nature. « On est vachement beaux » dit Skelios. Drys lui sourit. « Oui, on est beaux. N'empêche que le dernier à l'eau est un Occidien ! » Elle se jeta hurlant-vorace dans le lac, suivie par Skelios qui hurla aussi mais, une fois dans l'eau, la morsure glacée. « Elle est gelée ! » Drys joua aux éclabousses, Skelios cria encore. « C'est facile pour toi ! dit-il. Tu es grasse comme une ourse avant l'hibernage ! » Elle lui attrapa la tête et l'enfonça sous l'eau. « Retire ça tout de suite, vilain rat ! » Alexia sur le bord aimait voir ses amis se défaire de leurs soucis. « Ça va, Valère ? » Son cœur à lui tambourine. Il fait un pas vers elle. Elle ne se retira pas. Il passe ses bras derrière ses épaules, la presse doucement contre lui. Elle blottit sa tête dans son cou. Il halète. Valère appuie son sexe battant contre son ventre à elle. Elle se mit à trembler. « Cette nuit, Valère. Cette nuit on le fait. Cette nuit je suis à toi. » « Cette nuit c'est moi qui suis à toi, Alexia. » Sa voix aux portes de l'explosion. Il pense : « J'étais prêt à mourir tout à l'heure. Imbécile ! J'aurais pu ne jamais ! » Alexia s'arracha doucement à lui. « Plus tard… Pour l'instant, il est hors de question que je sois une Occidienne ! » Elle courut jusqu'au lac où son plongeon dérangea Drys et Skelios qui mêlaient leurs salives. « C'est donc moi l'Occidien ? pense Valère. Bien sûr ! Qui d'autre que l'enfant de Tess ? » Puis il chasse sa mélancolie et saute dans l'eau glacée à son tour, joignant ses cris à ceux de ses amis en conjurance du sort néfaste qui frappait la Fédération.

3. 5

Le ciel était de plus en plus bas. Valère marche sans se presser, il a le temps avant d'arriver. Il pense, Valère, il baigne de toute sa jubilance dans le souvenir de la nuit écoulée. Alexia dans ses bras, retenant un cri quand, poussant un soupir qui… Et lui Valère, haletant, en elle enfin, douleur et joie, un peu de sang rouge, sur le blanc de l'aube… Les mains d'Alexia agrippant son dos, sa bouche soufflant dans son cou, ses jambes se nouant autour des siennes… Tout entière elle s'était donnée et lui il avait tout pris. Dans l'oreille elle avait murmuré les mots d'un sortilège qui avait harponné son cœur. Dans l'oreille il avait renvoyé l'écho de promesses brûleuses et envoûtantes. Liés tous les deux, enfin. Bien des choses s'étaient alors éclairées. Il lui semblait mieux comprendre les dieux, Valère, et les récits d'Homère devenaient enfin sagesse. « Comment vais-je faire désormais pour survivre aux moments où je serai loin d'elle ? » Son cœur le tourmente, bien plus que la convocation du Directoire reçue au point du jour – convocation inhabituelle, foncièrement surprenante.

Le palais du Commandeur dressait ses colonnades au bord de l'Agora. Devant la porte monumentale, Valère marque un temps d'arrêt, semble seulement prendre conscience de son être-là – son je-suis toujours près d'elle, son je-fais hésitant. Il prend une profonde respiration et franchit le seuil. Le palais du Commandeur… Abritant les trois Assemblées, des Anciens, des Citoyens et des Dignitaires. Et puis le Commandeur, bien sûr, choisi par les Assemblées au sein du Directoire. Et les Recteurs enfin. Qui faisaient appliquer les décisions assemblaires. Tous formés par l'Institut Lycurgue… Une salle leur était réservée dans le bâtiment. C'est là que Valère se rend, conduit par le maître du Palais. Ils étaient là tous les dix sur les gradins d'un théâtre minuscule, neuf Recteurs et un Commandeur – dix, le chiffre parfait selon Pythagore. L'un des neuf portait le nom d'Olbios. Il était rond et jovial, le crâne lisse comme la surface glacée du Baïkal l'hiver. Olbios dit : « Bienvenue, Valère, fils de Maxence. Détends-toi, prends un siège ! Il y a de quoi manger si tu veux. » « Merci » dit Valère. Il se sent l'objet d'une forte curiosité. Son regard va au Commandeur Thérion, homme grand et massif, barbe fournie, noire mangée de poils gris. Figé dans une expression insondable. Bien différent de celui qui les avait harangués sur le rocher kryptique – mais pas moins impressionnant. Valère se racle la gorge. Olbios dit : « Tu dois te demander pourquoi tu es ici... Valère, te voilà citoyen à présent, et reçu dans les rangs harfangiens ! Ton admission à l'académie Ikaros prouve quant à elle d'autres qualités. Mais toutes te rendent digne de la confiance que nous t'accordons aujourd'hui. » Valère se mord l'intérieur des joues. Il ne comprend pas. Pourquoi. Il est là. Au lieu d'être. Où il devrait. Dans les bras d'Alexia, à goûter sa succulence, sa belle intelligence, sa langueur douceresse. Ses baisers fondants... « Je crois savoir, dit Olbios, que tu as vécu d'assez près les terribles attentats. Tu as même un ami dont la jambe souffre... » Valère ne s'étonne pas. La Fédération est petite, tout se sait même si personne ne s'intéresse outre mesure à tout. Et les Recteurs ont leur propre réseau ! Il acquiesce. Olbios dit : « Je te l'apprends peut-être abruptement, mais nous suspectons l'Occidie d'être derrière ces actes de guerre. Nous n'en sommes pas certains, évidemment, et donc nous ne pouvons rien faire. Tu le sais, l'équilibre est précaire dans le Monde-d'après. Nous n'empiétons guère les uns sur les autres. D'ailleurs, nous avons peu de contacts en Occidie : notre ambassade, symbolique, et quelques anciens Fédérés décitoyennisés qui nous rendent encore de menus services. » « Je ne vois pas bien comment... » dit Valère. « Comment tu pourrais nous aider ? C'est simple : ta mère n'est-elle pas occidienne ? »

Le visage de Valère se ferme. Il dit : « Ma mère a prêté serment à la Fédération. Elle est membre à part entière de Nouvelle-Sparte. » Une des Rectrices s'appelait Mélissis. Elle dit : « Bien sûr, Valère. Mon ami Olbios s'est mal exprimé. Il voulait dire qu'elle est originaire d'Occidie. » « Si vous comptez sur elle pour retourner là-bas jouer les espionnes, vous vous trompez. Elle me l'a répété plusieurs fois, elle n'ira plus jamais. » Il est rouge, Valère. La colère monte. La honte aussi. Bâtard, lui disait-on parfois pendant son agogé ; alors il se levait et se rude-battait dans la salle de classe. Mélissis lui adressa un sourire apaisant. « Il n'en est pas question, Valère. Laissons ta mère en dehors de ça. C'est de toi qu'il s'agit ! » Valère stupéfait : « Moi ? » Olbios : « Ton oncle Carl occupe un poste élevé dans la hiérarchie occidienne.

L'idée serait de t'envoyer là-bas. Et d'obtenir grâce à lui ou à son entourage les renseignements dont nous avons besoin. » Il n'en revient pas, Valère. Tout se bouscule, tourne-chamboule dans sa tête. En Occidie ? Son oncle ? Trouver des informations ? Et puis la question, la seule vraie question jaillit en lui. « Mais comment ? Sous quel prétexte ? » Mélissis et Olbios échangèrent un regard. Olbios dit : « Officiellement, tu demanderais ton départ de la Fédération. Tu exigerais ton rattachement à l'Occidie au nom de tes liens familiaux. Cette procédure s'appelle l'Exil-volontaire. Elle implique le renoncement à tes devoirs et à tes privilèges de citoyen fédéré. Mais rassure-toi, le processus prévoit un temps de rétractation de trois mois ! Pour mal-de-pays ou incompatibilité civilisationnelle… Ta mission durerait donc seulement ce temps des trois mois. » La foudre s'abattant dans l'hémicycle n'aurait pas pu le frapper davantage. Valère reste les yeux écarquillés, bouche ouverte. Mélissis dit : « Car tu serais là-bas, bien sûr, en mission pour le compte de la Fédération. Notre ambassade t'apporterait son concours. Attention, nous ne te demandons pas de trahir la possible affection que tu éprouverais pour ton oncle et ta famille ! Mais simplement de recueillir auprès d'eux le plus de matière possible pour éviter, peut-être, que d'autres crimes viennent endeuiller Nouvelle-Sparte. » Les Recteurs virent bien l'état de sidération de Valère qui ne sait que dire et même penser, tant il ne s'attendait pas… Le Commandeur, silencieux jusqu'alors, prit la parole. « Tu peux réfléchir, bien sûr. C'est une lourde décision. Je vois bien, comme nous tous, que cela te perturbe. Sans doute était-ce trop abrupt. Nous avons peu de temps mais il est important que ton choix soit pesé avec justesse. Si tu veux, je te raccompagnerai jusqu'aux portes du palais et je ferai ensuite quelques pas avec toi. Une présence bienveillante t'aidera peut-être dans tes réflexions. » Valère acquiesce. « Oui, pense-t-il, marcher. J'ai besoin d'air ! Besoin de respirer… »

3. 6

Valère marche sur l'Agora à côté du Commandeur. Les passants jetèrent des regards. « Que peuvent-ils penser ? » Lui-même ne sait pas ce qu'il pense. Il ne sait pas, Valère, il n'arrive pas à calmer le flot d'émotions qui vient heurter sa réflexion. Il prend conscience à cet instant que sa mère ne lui a jamais parlé de sa famille occidienne. Il a un oncle – Carl. Des cousins sûrement ! Mais l'Occidie… Une partie du Monde-d'après, qui avait attrapé toutes les scories, tous les vestiges du Monde-d'avant, pour les digérer dans son ventre autoritaire et consumériste ! Un grouillement humain réparti dans trois mégapoles – on parlait de millions d'hommes, autant que la Muraille, davantage que le Darislam, tellement plus que la Fédération… Des crimes en foisonnance… Des hangars comme des temples, éclairés nuit et jour, remplis de choses à acheter, dans lesquels les gens communiaient… Alors de la famille mais laquelle? Dans quel métal? Et puis qu'attendait-on de lui sinon les tromper? La Rectrice Mélissis lui avait assuré que non mais qu'était-ce d'autre, s'il les espionnait?

Le Commandeur dit: «Tu es troublé. On le serait à moins! Tu veux me confier ce qui te travaille?» «Beaucoup de choses, Commandeur Thérion. L'Occidie qui me semble si loin, si loin de nos manières et de la Baïkalie... Cette famille que je ne connais pas et que je ne suis pas sûr de vouloir connaître... L'espion que vous me demandez d'être, alors que je n'ai aucune compétence pour ça... La perte de ma citoyenneté, que je viens tout juste de gagner...» Thérion posa une main qui se voulait apaisante sur l'épaule du garçon. «Il s'agit juste d'un jeu de rôle, Valère. Rien ne sera vrai! Sauf l'importance de ta mission. J'ai bien conscience que nous te demandons beaucoup.» Le Commandeur s'arrêta de marcher et grave-fixa Valère. «Permets-moi de te livrer le fond de ma pensée.» Valère écoute. «Il est très probable que l'Occidie marche main dans la main avec le Darislam. Ces explosions qui ensanglantent Nouvelle-Sparte, ce sont des méthodes darislamiennes. Nul n'ignore la haine que ces fanatiques vouent à nos dieux! Tu es bien placé pour le savoir.

Plus que quiconque. » Le sang de Valère se met à pulser d'excitance froide. Le Darislam. Encore et toujours ! Le visage de son père surgit brusquement dans son esprit avant de disparaître… Le Commandeur reprit. « Valère, ton histoire familiale est unique dans la Fédération. C'est pour cela que nous avons besoin de toi. » Valère s'oblige à respirer. « Aide-nous à trouver la piste des terroristes, dit Thérion. Aide-nous à mettre un terme aux attentats ! » Valère dit : « Est-ce que je garderai le contact avec la Fédération durant ma mission ? » Thérion passa une main dans sa barbe. « Je resterai personnellement en lien avec toi. Je te confierai un équipement pour me contacter d'Occidie. » Le Commandeur fit jouer sa voix grave. « Tu ne seras pas un espion, Valère, mais un Baïkalien fidèle à la Fédération ! »

Valère baisse les yeux. Il a envie d'accepter. Pour les frémissements, pour l'aventure elle-même, pour ce qu'il doit à son père, dévoué au devenir de la cité… Mais Valère dit : « Je veux d'abord en parler avec ma mère. » Le Commandeur le fixa un moment. « Ne tarde pas à nous donner ta réponse, nous avons peu de temps pour régler les détails de l'opération. » Puis il leva la tête vers le ciel. « Brrr, le temps se gâte. Ah ! Ça y est, ça tombe ! La première chute de l'année. » Flocons en tourbillance. Thérion tourna le dos à Valère et se hâta vers le palais, tandis que le garçon reste immobile sur les dalles blanches. Seul. Au milieu de la neige qui tombe.

3.7

« Tess ? Tu t'es installée en bas ? » Valère vient d'entrer chez lui – chez eux. L'appartement d'été tout d'un coup mis en sommeil. Une voix, dans les escaliers. « Je descends toujours aux premières neiges ! » Valère en bas à son tour, dans la réplique du logement d'en haut mais mieux isolé, pas de fenêtres – des puits de lumière – et une cheminée. Trois pièces, rien de changé : une pour la vie commune, deux pour la dormance. La cuisine bien sûr et la salle d'eau, minimaliste parce qu'à Nouvelle-Sparte on aimait les thermes collectifs. Chaque citoyen recevait, sans avoir besoin de rien monnayer, un logement adapté à sa situation. Pas plus, pas moins. Le Commandeur lui-même, qui vivait en solitude, ne disposait que de deux pièces d'hiver superposées à deux autres d'été. La grandeur, l'estime, la notoriété, pas dans le je-semble mais dans le je-suis et le je-fais… Tess dit : « J'ai descendu tes affaires. »

Elle apparut dans le salon – la cheminée craquait et flamboyait furibardement. Valère voit sa pâleur. « Elle sait » pense-t-il. Tess dit : « J'ai reçu un appel du Recteur Olbios. Il m'a exposé le plan du Directoire. T'envoyer chez mon frère Carl en prétextant un désir d'Occidie. En réalité, pour chercher des informations sur les attentats qui nous frappent. » Valère observe sa mère, cherche de la colère rentrée, de la tristesse manifeste. Il ne trouve qu'une impassibilité qui le surprend. Il dit : « Tu en penses quoi, de ce plan ? » Elle se tourna vers le feu et posa une nouvelle bûche sur les flammes – blanches près du bois, rouges au-dessus. « Ça fait presque vingt ans que je n'ai plus de nouvelles de Carl. Il a vécu mon départ pour la Fédération comme une trahison. Peut-être qu'il accueillerait la nouvelle de ton exil comme une revanche. » Valère se racle la gorge. « Je veux dire… Par rapport à moi. Est-ce que tu penses que j'en suis capable ? Est-ce que tu crois que c'est dangereux ? »

Tess s'adossa contre le mur, croisa les bras et toisa son fils. « Bien sûr que c'est dangereux. Et bien sûr que tu en es capable ! » Valère ne s'attendait pas à ça. Il dit : « Alors pour toi, je devrais y aller ? Accepter cette mission ? Prendre le risque d'Occidie et de mourir peut-être si on m'attrape en train de faire l'espion ? » La blancheur du visage de Tess se changea en brusque rougeur tandis que ses yeux bleus brûlaient d'étincelances. « Sais-tu ce qu'avaient coutume de dire à leur fils partant à la guerre les femmes de l'ancienne Sparte ? » Valère fait non de la tête. « *Ce bouclier, ton père a su le conserver pour toi, alors soit tu reviens avec, soit tu reviens dessus !* Je n'ai pas de bouclier à t'offrir, Valère, mais l'honneur de notre maison. Et s'il y a une chose plus importante que ta vie, mon fils, c'est la survie de cette chose extraordinaire qu'est la Fédération... » Bouche bée il reste, Valère, et dans la lumière pâle de l'éclairage d'ambiance chahuté par la danse des flammes, Tess lui apparaît immense. « Ma mère n'est plus occidienne depuis longtemps, songe-t-il. Je le découvre seulement maintenant... » Il lui sourit, un sourire comme il ne lui en a jamais adressé. Tess avança vers lui et lui ouvrit ses bras. Pour la première fois depuis si loin qu'il en a perdu le souvenir, Valère se précipite et l'étreint avec force, laisse sa tête aller contre sa poitrine. Elle dit : « Passons la soirée ensemble, tu veux bien ? Je te raconterai ce que je sais de l'Occidie et de ta famille là-bas. Tu en auras besoin. Envie aussi peut-être ! Et puis j'aimerais t'avoir pour moi quelques heures. Mon garçon ! » Il opine, Valère, il retient ses larmes, serré contre cette femme qui était l'épouse de son père mort au Darislam, qui fut la sœur de l'homme qu'il devra espionner, qui est sa mère aussi et surtout.

3. 8

Valère court à son rendez-vous amoureux. Une rencontre terrible car il doit faire ses adieux. Alexia – courageuse Alexia – avait retenu ses sanglots quand hier, sur sa microtablette, il avait tout expliqué, dans un monologue enflammé qui l'avait laissée ahurie. Maintenant il marche en direction du temple d'Hermès. Alexia voulait faire un sacrifice pour lui, invoquer la protection du dieu des voyages. Les émotions se bousculent dans le cœur de Valère. Tout va trop vite, oui, tout va trop vite… La soirée d'hier avec sa mère et le bonheur trouble de sa présence nouvellement familière… Valère regarde encore l'écran de la microtablette, un message de Tess, reçu alors qu'il s'activait en petites foulances pour ne pas être en retard : « *Mon fils, à chaque pas, souviens-toi de ton courage.* » Il respire fort en écrasant la fine couche de neige qui recouvre la ville comme un manteau de zibeline. « Tess… ma mère ! »

Et puis le temple d'Hermès surgit de la zone portuaire, ses colonnades sacrées côtoyant les entrepôts dans une familiarité millénaire. Hermès, plein d'amour pour le petit monde des marchands et des voyageurs… Alexia était attablée à l'entrée d'un troquet, dehors sous l'avancée en saillance du toit, une stellaire réchauffant ses doigts. Les yeux rougis. Valère s'approche, s'assoit à côté, se penche, cherche ses lèvres – elle les lui offrit brusquement. «Tu n'as pas froid?» dit-il. Quand leurs bouches se détachèrent. «Un peu, dit-elle. Mais j'aime la vue qu'on a d'ici sur le lac.» Valère commande une stellaire aussi. Alexia dit: «Tu faisais quoi, hier soir? Je pensais qu'on aurait, tous les deux…» «J'étais avec ma mère» dit Valère. Regard appuyé d'Alexia. «Je comprends, tu es furieuse parce que je l'ai préférée à toi, alors que nos soirées sont comptées…» Alexia attrapa la main de Valère. «Non, je ne suis pas furieuse, au contraire! Je trouve très bien que tu passes du temps avec ta mère.» Valère fronce. «Ah bon?» Elle dit: «Tu es toujours très dur avec elle. Je ne t'en parle jamais parce qu'il y a un blocage dans ton cœur. Un blocage que tu es seul à pouvoir défaire.» Il soupire, Valère, il sait qu'il détourne systématiquement les conversations s'attachant à ses parents. Alexia a raison, encore. Il l'aime-amour davantage. Il dit : « Mais ce soir, je suis à toi, tout entier. » « Tu pars quand ? » « Demain. » « Déjà… »

Elle posa sa tête sur son épaule, il passe son bras autour d'elle. « Je serai de retour dans trois mois, dit-il. Pas un jour de plus. Que ma mission soit un succès ou un échec. » Elle l'embrassa dans le cou à lèvres-que-voilà, douceresse. « Tu penseras à moi tous les jours ? » « Toutes les heures. Mon amour… » C'est la première fois qu'il le dit à voix haute et ça lui embrase le cœur. Alexia se mussa en ronronnant contre lui. « Mes parents sont partis chasser dans le Khamar-Daban, ils ne rentreront pas ce soir… » « Alors je préparerai mes affaires seulement demain matin. » Ils se sourirent-lumière, tendres complices, énamoureux. Alexia se leva, prit Valère par le bras. « Viens, allons prier Hermès ensemble. Je tiens à ce qu'il grave ton visage dans ses yeux divins. Et qu'il sache quelle fille sera inconsolable s'il manque à ses devoirs de protecteur ! » Valère rit, un rire libérateur, depuis combien de temps ? Tristesse, gravité, émotions palpitantes, choc de mille découvrances… Il dit : « Tu ne crois pas qu'on devrait aller ensuite au temple d'Aphrodite ? » Moqueur. « Nous irons pour les libations chez Hestia, dit Alexia. Si Hermès faillit, la déesse trouvera un moyen pour te ramener chez nous… Quant à la divine Aphrodite, ma chambre sera un temple comme un autre pour lui rendre hommage ! » Clin d'œil à son ami, sous le charme rougissant de ses suggérances.

3. 9

L'aéroport se trouvait loin de la ville et du lac – pas de plans de vol au-dessus de Nouvelle-Sparte et des installations confidentielles. Tout aéronef étranger à côté des stricts corridors aériens se savait satellitairement détruit, métal et chair. Le monorail Ladôn, lui, ne déviait pas sa route vers l'aéroport : le trafic céleste était faible, personne ne désirant goûter l'austère vie néospartiate au prix de grands contrôles, sauf pour les jeux Apolliniens parfois – des courageux ! Il était plus confortable de découvrir la Fédération à distance d'écran… Aussi, des calèches l'été et des traîneaux l'hiver, tirés par des chevaux sibériens, faisaient la joignance entre Nouvelle-Sparte et l'aéroport.

Valère est dans l'un d'eux, un sac à dos comme seul bagage sur les genoux. Dans sa tête repasse en boucle son entretien ultime avec les Recteurs Olbios et Mélissis. Son oncle avait été contacté par canal officiel pour l'annonce de son arrivée – procédure normale dans le cas d'un Exil-volontaire. Valère s'était inquiété une dernière fois, avait demandé encore. Olbios l'avait paternellement rassuré: oui, c'était convenu, trois mois, pas plus. Après il serait rapatrié, quoi qu'il arrive ou qu'il se soit passé. Puis ils avaient farci la tête de Valère de milliers de recommandations et de millions d'informations… Dans le traîneau il rêvasse, Valère, s'attarde sur les battements de son cœur, revit les dernières heures alexiennes – tellement de délices, de bonheur picoré… Le traîneau glisse sur la neige sans cahots, grâce à d'habiles suspensions et à un cocher expérimenté. Valère regarde par la vitre. Le village des trois ambassades, sur une hauteur, loin de la cité: des logements guère plus confortables que ceux des ressortissants fédérés. Personne en Occidie, derrière la Muraille ou au Darislam, ne se battait pour ces postes: beaucoup d'ennui, peu de contacts avec les Baïkaliens, des déplacements sous surveillance… Les pays du Monde-d'après, s'ils se respectaient, ne se faisaient guère confiance. Les mains dans les poches, Valère s'amuse des deux objets qu'il porte en clandestinance. Un module holographique offrant une communication cryptée avec le Commandeur

Thérion. Et une carte, à insérer dans n'importe quel système ondifère, pour joindre directement la microtablette d'Alexia. L'un et l'autre illégatoires, la Fédération vivant pour la communique en fonctionnance interne, hors des possibles pirateries microprocessées. Pour le Commandeur, c'était un passe-droit obtenu pour raison d'État. Pour Alexia, c'était l'ingéniosité de Drys et son amitié complice dans l'usage des créneaux satellites…

Le traîneau vira aux abords des bâtiments modestes de l'aéroport : une tour-contrôle, une salle d'embarquement-débarquement, une auberge-hébergeante, un vaste hangar abritant les aéronefs. Rien d'autre. Une piste unique permettait de recevoir un appareil à la fois. Elle était cernée par une puissante clôture, pour éviter le déboulement inconsidéré d'animaux plus que pour empêcher les passagers de s'enfuir – la sauvagerie du Baïkal suffisant à la peine. Sac sur le dos, Valère quitte le confort du traîneau pour celui, relatif, de la salle d'embarque. Dehors, un aéronef ventru faisait déjà tourner ses turbines : un squale, une version augmentée, archaïque et sans grâce des sublimes squalines. Un homme s'engouffra dans la salle, en élégant costume de feutre et de cuir, et vint serrer le bras du garçon. « Tu es Valère, l'Exilé-volontaire ? Je suis Théous, le maître de cabine. Nous serons quatre à bord, en comptant le pilote et moi-même. Ton compagnon de voyage est le nouveau secrétaire de notre ambassade en Occidie. Pas sûr qu'il ait envie de te parler. Moi, je m'en fous, c'est ton choix, je ne l'aurais pas fait mais je ne suis pas toi ! » Valère aime tout de suite le maître de cabine et son abrupte franchise. Théous dit : « On va embarquer avant la tempête. Où est le deuxième passager ? » Un citoyen assis en toute discrétude dans un coin se leva, paquetage à la main, et vint faire saluance. « Je m'appelle Algos, je vais servir la Fédération en Occidie. » Il posa un regard désapprobateur sur Valère. « Dépêchons-nous, dit Théous, sinon je vais me faire engueuler par Époda. C'est une pilote incroyable mais elle ronchonne toujours ! » Valère emboîte le pas vif de Théous, suivi d'Algos. Le vent glacé fouette son visage jusqu'à l'échelle métallique. « Mon destin est entre les mains des dieux, pense Valère. J'espère qu'ils ne se défileront pas ! Puissent-ils veiller sur Tess et sur Alexia ! » Des dieux qui ne se gênaient pas pour mettre le désordre dans sa vie… Il n'imaginait pas monter si tôt dans l'azur célestien !

4.

COÏNCIDENCE DU TROUBLE ET DU CLAIR

4.1

Des lumières. Partout des lumières. « Le sol occidien scintille comme le ciel nocturne » songe Valère. Nez collé à la vitre. Il dit : « C'est déjà la nuit ? » « Non, dit Théous, c'est encore le jour. Mais la fumée, la brume-industro, plonge la vie occidienne dans un crépuscule perpétuel. Jamais vraiment le jour, jamais vraiment la nuit. Tu vas adorer ta nouvelle patrie ! » Valère fronce. « Je ne suis pas sûr de rester à l'issue des trois mois probatoires. » Le maître de cabine haussa les épaules. « C'est la première fois en Occidie, pas vrai ? Tu verras, c'est différent de chez nous. Très différent. » Il s'assoifala en face de Valère. Heureusement que Théous était là ! L'autre, Algos, n'avait cessé de se perdre en assoupissances et en regards en coin depuis le décollage. « On va atterrir à Paradise, dit Théous. C'est la capitale de l'Occidie. Tu connais ta géographie, hein ? » Valère acquiesce. Il a approfondi ses connaisciences, ces derniers jours. Remis dans sa mémoire que l'Occidie a poussé sur les restes occidentaux du Monde-d'avant. Au nord de l'ancienne Amérique, le circumconglomérat de Paradise, au sud l'archipel urbain de Corazon. Dans l'ancienne Europe la gigaville d'Espérance. Trois mégapoles archibondées de gens et de choses, de zones sinistres pour les sans-rien et de quartiers sécurisés pour les j'ai-tout. Et puis autour, au loin, des campagnes infinies dévastées, retournées à la friche – possession de hordes agressives et misérables – et des champs à proximité des routes, des exploitations d'ouvriants régies par des sociétés invisibles. Notions étranges pour un Baïkalien – sonorités glaçantes. « J'imagine que tu parles convenablement l'occidien ? » dit le maître de cabine. « Je me débrouille » dit Valère.

Le squale énergiquement piloté par Époda l'Ikariote amorça sa descente, et les occupants se turent pour admirer les jeux-éclats-brillants de lumière dans la plaine. Algos se réveilla en gémissant-que-je-m'étire. « On arrive déjà ? » Théous narquois. « Tu n'auras dormi que cinq heures ! » « J'en avais besoin, dit Algos. J'ai fêté mon départ. Trop de saran ! » Le maître de cabine dit : « Ici tu pourras boire du costaud. Ils appellent ça whysk, tequil, armagne. Ceux qui sont faits en contrebande arrachent encore plus ! » Algos semblait se réjouir. Valère fait une moue de dédain et se félicite que Morphée ait tenu le secrétaire à l'écart durant le vol. Il se replonge dans la fascinante contemplance de l'en-dessous occidien, sa terre de faux exil pour trois longs mois. Mais rapidement ses pensées dérivent vers Alexia. Son cœur cogne. Comment tiendra-t-il ? Une journée seulement et il veut mourir. « Je dois arrêter de me faire mal… Trois mois, ça paraît beaucoup mais ce n'est pas grand-chose ! » Pour se calmer, il puise dans sa raison – à quoi bon souffrir quand on ne peut rien y faire ? – puis dans ses sentiments – elle sera fière de moi – et enfin dans ses convictions – je travaille pour la Fédération ! Maigres consolances… Valère se tourne vers Théous. « Où est la piste ? » « Laquelle ? dit Théous. L'aéroport de Paradise en compte vingt-quatre, empruntées nuit et jour, chauffées et chahutées par des centaines d'aéronefs en provenance de Corazon, d'Espérance, mais aussi de la Muraille et du Darislam ! Sans compter les Districts qui parsèment le Monde-d'après ! » Il rit encore de la surprise du garçon. Se méprenant, Algos intervint avec condescendance. « Bah ! une quinzaine de territoires plus ou moins indépendants… Qui ne doivent de subsister qu'à leur insignifiance géopolitique… Qui survivent de trafics dont l'Occidie, la Muraille ou le Darislam ont besoin… » « Je crois que Valère sait ce que sont les Districts, dit Théous. C'est la taille de Paradise qui vient de l'étonner ! » Le maître de cabine dit la vérité : Valère ne mesure que maintenant le gigantisme du monde derrière le rideau d'arbres du Baïkal !

Le squale se posa sur une vingt-cinquième piste, réservée aux aéronefs officiels. « Une vraie souricière » dit Théous. En montrant par le hublot à Valère les hauts bâtiments blindés encadrant la langue de bitume. « Pour protéger les diplomates ou les Occidiens ? » dit Valère. « Les deux ! » Clin d'œil de Théous qui poursuivit : « Comme d'habitude, en bout de tarmac, le comité d'accueil ! Nos chemins se séparent maintenant. Je ne serai autorisé à descendre qu'après un contrôle rigoureux… Quel que soit ton choix, Valère, je te souhaite d'être en paix avec les dieux. » Valère serre longuement le bras du maître de cabine. Ils auraient pu devenir amis avec plus de temps… Valère empoigne son sac à dos, reporte son attention sur le groupe qui les attend à l'extérieur. Trois hommes recouverts d'une armure luisante, armés jusqu'aux dents. Deux autres en costume-cravate-lunettes-noires. Un autre encore, en retrait, dans l'ombre. Enfin, au milieu des Occidiens, l'ambassadeur de la Fédération, venu attendre le nouveau secrétaire. Valère a juste le temps de saluer la pilote Époda, une enfant d'Ikaros comme lui, et de la remercier pour l'excellence de sa navigation. À peine la porte ouverte et les passagers descendus, les hommes armés se précipitèrent vers l'avion… «La Fédération leur fait très peur» dit Algos. Qui marchait à côté de Valère sans un regard pour lui. «Ils ont peur de quoi ?» dit Valère. «De tout. Est-ce que nous avons une bombe dans l'avion ? Un commando spartaculaire ? Une drogue qui viendrait concurrencer les leurs ? En fait, ils ne savent même pas de quoi ils ont peur ! Les fantasmes sur la Fédération sont mille fois plus gros que la Fédération elle-même…» Algos chuchotait, prudent. «Quel étrange personnage ! songe Valère. On dirait qu'il découvre les choses au fur et à mesure qu'il les énonce. Bien sûr que la Fédération fascine ! C'est même toute sa force…» L'ambassadeur vint au-devant d'Algos. «Bienvenue, mon garçon. Je suis l'ambassadeur Metrios. Nous commencions à nous sentir bien seuls, l'administratrice Philia et moi !» «Je suis heureux de mettre mon énergie au service de la Fédération en Occidie» dit Algos. Metrios toisa Valère. «C'est toi le transfuge ? L'Exilé-volontaire ?»

Il secoua tristement la tête. « Comment peut-on abandonner volontairement la Fédération ? » Algos le rejoignit dans son mépris affiché, menton relevé. Valère rougit. Il a beau savoir qu'il joue un rôle, un rôle clé dans une tragédie qui doit prendre l'allure d'une comédie – tromper tout le monde et même les Fédérés-qui-ne-sont-pas-dans-la-confidence –, il se sent mal. Il bredouille une réponse que personne ne comprit.

L'homme caché surgit alors de l'ombre. Massif et imposant comme un ours, une canne à la main, richement vêtu d'un manteau fait d'une matière inconnue. « Propos aigris d'un diplomate qui a moins de pouvoir ici qu'un seul de mes gardes du corps ! » L'homme claqua des doigts et les deux colosses costumés l'encadrèrent, dégainèrent l'arme qu'ils portaient sous l'aisselle et se mirent à l'affût d'une menace invisible. L'ambassadeur Metrios resta impassible tandis qu'Algos, de lâche surprise, rentra la tête dans les épaules. « Vous croyez m'effrayer ? dit l'ambassadeur. Vous ignorez donc tout de la dureté de la Baïkalie ! » Claquement de doigts : les monstres se calmèrent. « Je n'ignore rien, dit l'homme. Mais certains rappels sont nécessaires quand on insulte l'hôte d'un Occidien. » Son regard, dur, contrastait avec le sourire ironique qu'il affichait en permanence. Valère le reconnaît immédiatement sans jamais l'avoir vu. « Oncle Carl. » L'homme le dévora des yeux. « Je suis heureux de faire ta connaissance, Valère. Bon sang ! Tu ressembles à ta mère, c'est fou ! » Valère lui tend la main, oncle Carl s'en empara pour l'attirer contre lui et le serrer dans ses bras. « Bienvenue en Occidie, Valère. Bienvenue dans ta vraie patrie ! »

4.2

« À quoi penses-tu, Valère ? » Valère s'arrache à la vitre de la puissante voiture cuirassée qui roulait au milieu d'un trafic dense d'où jaillissaient les coups de klaxon. Les piétons traversaient n'importe où, pieds nus pour la plupart, prenant des risques inouïs pour proposer une cigarette, nettoyer un pare-brise, fétus dans le flot de métal ininterrompu. « À rien, dit-il. Je regarde. » Oncle Carl était assis à côté de lui, un des gardes au volant, l'autre devant aussi, en vigilance. Il dit : « J'imagine que c'est très différent d'où tu viens. » « Très. » « Et ? » Valère veut répondre, mille mots se bousculent dans sa bouche pour autant de pensées, mais confuses, mais incomplètes, des sensations surtout, des émotions fragmentaires. Sage il est, sage il répond. Et d'abord par un sourire. « Il est trop tôt pour dire les choses, oncle Carl. Elles doivent d'abord faire leur chemin. » Carl rit en caressant son bouc sombre. « Alors c'est vrai ! La Fédération fabrique des philosophes avec des garçons de seize ans... Ici, Valère, tu découvriras ce que c'est qu'être jeune et en profiter ! » Valère hoche la tête. « Découvrir, oncle Carl. C'est pour ça que je suis venu, oui. » Puis il retourne à la vitre. Au soir sale – à moins que le matin ? Théous disait vrai : dehors la grisaille, la semi-ombre, la lueur des réverbères et des vitrines éclairées tout le temps. Une odeur âcre qui donnait envie de racle-tousser et laissait la gorge en feu, les narines pleines de poussière charbonnière heureusement filtrée par le mécanisme de la voiture.

Carl a deviné les dégoûtations de son neveu. Il dit : « Nous habitons au centre de Paradise. L'air y est meilleur. Il y a un grand parc. » « Un parc ? » « Un espace réservé à l'herbe et aux arbres. » Valère hausse les sourcils. Dans la Fédération, c'était la nature qui faisait une place aux hommes... Aussitôt ses pensées s'envolent là-bas, vers Alexia et Nouvelle-Sparte. Vers sa mère aussi. S'était-elle imaginé un jour, Tess, son fils roulant-cheminant dans les mégavenues de Paradise, en compagnance d'oncle Carl ? « Les dieux jouent, songe Valère. Ils jouent en jalonnant nos existences d'épreuves et de surprises. » Il se sent nouvel Ulysse, comme une bille lancée par les dieux sur un plateau dont l'inclinaison changeante finit même par leur échapper – le destin seul sait ! « Alexia, songe Valère. Tes yeux, tes lèvres… Tes cheveux… Ton corps en vallées douces sous mes mains… Nos souffles mêlés, tes criaillements d'aiglonne, mes plaintes de hibou… »

Le véhicule accéléra sur une voie dégagée. « On va bientôt arriver » dit Carl. Valère aime bien sa voix, il y retrouve des intonations de Tess. La route large et roulante s'arrêta net à l'entrée d'un tunnel, devant un barrage de sacs de sable grouillant d'hommes armés. Carl rassura Valère qui n'en a pas besoin. « La zone dans laquelle nous entrons est sécurisée. » « Sécurisée pour quoi ? » « Pour qui ! » Carl s'amusait. Il dit : « Les pauvres envient les riches et les riches craignent les pauvres. Que chacun reste chez soi, c'est encore ce qu'il y a de mieux. » « Tu es riche, oncle Carl ? » Carl rit à gorge-que-je-déploie. « Si je suis riche ? Très, mon garçon. Je suis très riche. Tu vois la tour là-bas ? » Les gardes avaient laissé la voiture repartir, ils débouchaient du tunnel et tout paraissait plus propre, plus tranquille. Valère avait la même impression quand il approchait des forêts du Baïkal en laissant derrière lui Nouvelle-Sparte. Il regarde la tour, enfin l'une des tours foisonnant au loin, brillant au soleil d'une aurore figée – d'un crépuscule ? Carl dit : « Je possède cette tour. Nous habitons tout en haut. Tu verras, la vue est spectaculaire. » Mais ce qui semble spectaculaire à Valère, c'est l'immensité de la ville, les centaines d'immeubles du quartier-des-riches à Paradise, auxquels répondaient des dizaines d'autres zones peuplées de pauvres et de misère. « Combien de gens vivent ici, oncle Carl ? » « Dans le quartier de BeauVoir où se trouve ma tour ? Un million. » Valère fait un effort pour imaginer le grouillement. « Et dans le reste de Paradise ? » « Eh bien, au dernier biofichage, une dizaine de millions, auxquels il faut ajouter les centaines de milliers de travailleurs dans les champs-et-bois et tous les bandits ruraliens. » Les chiffres d'oncle Carl donnent à Valère le vertige, la nausée presque quand il projette dans son imaginance les conséquences du nombre. « Quel peuple survivrait à l'engloutissement de son je-suis et à la paralysie de son je-fais ? À ce stade, seule la foule peut exister, animée de soubresauts comme les eaux du Baïkal au vent changeant… »

La tour grossissait, grandissait, semblait se précipiter au-devant du véhicule qui plongea soudain sous terre, terminant sa course dans les entrailles occidiennes. La voiture s'arrêta. Encore des hommes en armes, gardant des portes brillantes et coulissantes, ouvertes sur de profonds ascenseurs. « Terminus, Valère, dit oncle Carl. J'ai hâte de te présenter à ta famille ! » « Et moi, songe Valère, de retrouver la mienne... Trois mois, trois mois avant ses murmures à elle, avant son sourire à Tess, avant ses moqueries à Skelios, avant sa joie à Drys ! Puissent les dieux m'aimer, si loin de Baïkalie... »

4.3

L'ascenseur principal menait au terme d'une élévation fulgurante dans la partie privée de la tour, dédaignant les dizaines d'étages de bureaux ultra-connectés où grouillait une armée de techniciens au service de l'empire industrio-financial d'oncle Carl. « Je fais partie des cent personnes les plus puissantes de Paradise » avait-il dit. Sans en tirer gloire, pour simple information renvoyant au luxe extrême des pièces et des couloirs s'égrenant sur les quatre niveaux de l'appartement. « Il va me falloir un plan pour circuler là-dedans ! » pense Valère. Carl jeta canne et manteau sur un énorme fauteuil posé au milieu d'un vaste hall d'entrée. « Suis-moi, mon garçon. » Ils traversèrent deux salles interminables et entièrement vides, dédiées à la réception des non-intimes. Dans la troisième, un petit groupe de personnes vêtues d'une même tenue blanc et noir leur offrit une inclinaison respectueuse du buste et des regards fuyants. Carl considéra d'un air satisfait l'assemblée tremblante. « Voici mon neveu, dit-il. Considérez-le comme un membre de la famille à part entière. » Puis à Valère qui ne comprend pas. « Ces gens travaillent ici. Ils sont à mon service et à celui de mes enfants. Donc au tien. » Valère se racle la gorge. « Bonjour à tous ! Je m'appelle Valère et je suis heureux de faire votre connaissance. » Flottement parmi la servance, murmures étonnés. Oncle Carl s'amusait. Il dit : « Valère arrive tout juste de la Fédération ! » « Ça signifie que je suis un sauvage et un barbare, pense Valère. Eh bien, si c'est être barbare que d'être courtois, ça ne me dérange pas ! »

Carl le prit par l'épaule. « Allons voir tes cousins maintenant. » Il consulta le verre-écran de sa montre. « Ils sont dans la cuisine. Ils profitent sans doute de l'absence des domestiques pour s'empiffrer ! » Valère emboîte le pas à son oncle. « Oncle Carl ? Comment tu as su où ils se trouvaient ? » « Les BeauVoiriens sont connectés. » Devant la surprise de Valère, Carl dit : « Des électropuces. À l'abri du corps. Pour s'identifier. Payer. Se localiser. On ne fait pas ça dans la Fédération ? » « Par les dieux, non ! » Exclamation valérienne spontanée –

répugnée. « Peut-être que c'est inutile dans les forêts sauvages, dit Carl. Mais ici… Ah ! On arrive. »

Trois jeunes gens étaient perchés sur des tabourets, penchés sur des bols remplis de croquettes fluo-craquantes. « Les enfants, voici Valère, le fils de votre tante Tess. Valère, je te présente ta cousine, Cassie, et tes cousins, Kev et Jigs. » Valère s'approche, tend la main à chacun qui la prit en hésitant. Carl expliqua avec bienveillance. « Ici, on se salue généralement sans se toucher, avec un signe de tête ou un sourire. » Valère dit : « Désolé ! Je ne connais pas tous vos usages. » Puis Valère observe mieux. Cassie était une jolie fille, plus âgée que lui, les cheveux platine, les grands yeux outre-maquillés, la silhouette déjà épaisse camouflée sous d'élégantes vêtures, une moue curieuse en considérance de Valère. Kev avait son âge ou presque, des cheveux longs avec une grande mèche sur l'œil, mince-maigre, habillé de noir, une expression mélancolique sur le visage. Jigs enfin, le plus jeune, paraissait enjoué, coiffé d'une crête-en-gel, le corps rondouille engoncé dans une tenue de sport informe. Carl regarda un moment les jeunes gens se regarder. « Je vous laisse faire connaissance, dit-il. J'ai du travail. Montrez sa chambre à Valère et faites-lui faire le tour de la maison ! » Il s'en fut, laissant le Baïkalien avec son sac et ses cousins.

« Allez, suis-nous ou tu vas te perdre » dit Cassie. Les autres pouffèrent. « C'est vrai que c'est terriblement grand » dit Valère. Elle lui accorda un sourire. « On a hâte que tu nous racontes ta vie dans la Fédération ! dit Kev. C'est tellement étrange ! » Cassie : « Laisse-le souffler. On va d'abord faire ce que papa a dit. Et puis après on reviendra dans la cuisine et il racontera. Hein, Valère ? » Valère hoche la tête. « Tu aimes le rollerball ? » dit Jigs. « Je ne sais pas ce que c'est » dit Valère. Jigs en resta stupéfait. Cassie dit : « Tes affaires sont où ? » Valère montre son sac à dos, de taille modeste. « Je n'ai que ça. » Déstabilisée, Cassie. « Rien d'autre ? Bon, on y remédiera. Viens ! » Guidé par Cassie-que-je-roule-les-hanches, accompagné par Kev-tu-raconteras-dis-tu-raconteras, suivi par Jigs-je-jongle-avec-des-fruits-qui-s'écrasent-par-terre, Valère est à la découvrance de son nouvel univers. Cuisine, celliers, salle à manger, dortoirs pour les employés, salles de réception : le premier niveau est le territoire des nécessités et de la domestance. Au deuxième niveau, les salons communs et les appartements des jeunes, dont celui de Valère : une vaste chambre pourvue de vastes placards, une salle d'eau, un salon particulier et, touchante attention carlienne, une vue sur le parc qui faisait comme une tache verte en bas. Le troisième niveau était réservé à Carl. Le quatrième, enfin, abritait une piscine sous un dôme de verre, un sauna et une salle de sport. « Tu t'y retrouveras ? » dit Cassie. « Je crois, dit Valère. J'ai un bon sens de l'orientation. » « Bah ! dit Kev. S'il se perd, il n'aura qu'à se géolocaler ! » Valère secoue la tête. « Je ne suis pas... connecté comme vous dites. » Exclamations de surprise qu'apaisa Cassie. « On verra ça plus tard. Pour le moment, direction la cuisine ! Valère doit tenir sa promesse. » « Je tiens toujours mes promesses » dit Valère. Ne sachant pas s'il aime ou déteste l'endroit où il vient de poser son sac pour trois mois.

4. 4

Il avait fallu du temps pour que se calme la curiosité de Cassie et de Kev à son endroit, ou plutôt à celui de la Fédération. Jigs, lui, était rapidement reparti vers ses écrans. Des discussions animées étaient nées, étaient mortes aussi, tellement grand était l'écart, tellement difficiles les explications ! Mais elles obligeaient Valère à être clair pour se faire comprendre et il se surprenait à redécouvrir ce qu'il considérait comme acquis. Cassie aussi y mettait du sien. Elle n'était pas hostile, non, juste incrédule. Valère pensait plutôt se lier avec Kev qui avait son âge, mais Kev était loin d'avoir sa maturité. « Il n'a pas connu la kryptie. Ni l'agogé, l'éducation exigeante de Nouvelle-Sparte. Il n'a aucune responsabilité. Rien qui le pousse à grandir… » Ainsi songeait Valère pour excuser ce gentil cousin auquel il avait du mal à trouver quelque chose à dire.

Du temps, il en avait fallu encore plus pour que Valère, une fois maîtrisée la géographie de l'appartement plus grand que le palais du Commandeur, parvienne à sortir de la tour et à s'aventurer dans les rues de BeauVoir sans errer en aveugle. En l'absence d'implants connectés, oncle Carl lui avait confié un cyberbracelet qui, avec son écran, ressemblait à une montre, pour prouver son identité, se localiser et débloquer l'argent qui servait à tout en Occidie. Ce qui le dépaysait le plus, c'était marcher dans les rues, lever la tête pour apercevoir le ciel gris obscur par-delà les immeubles, croiser des gens-courent-tout-le-temps, contempler les vitrines foisonnantes, les échoppes qui proposaient mille choses dont il n'aurait jamais pensé avoir besoin… Cassie avait pris l'habitude d'emmener Valère avec elle dans ses fol-courses, rentrant chargée de sacs – un domestique portait. Elle semblait n'avoir que ça à faire. Elle étudiait pourtant – Valère avait oublié quoi. Sa formation à lui réclamait tellement plus d'engagement ! Kev, d'ailleurs, avait manifesté un regain d'intérêt quand il en avait parlé : pilote d'avion, une blague ! À son âge, waouh ! C'était quand même incroyable ! Cassie et Valère passaient aussi de longs moments dans des cafés chroma-blancs trop lisses et d'autres qui avaient sa préférence, à la déco-rétro bois et cuivre, où il retrouvait l'ambiance des tavernes néospartiates. Cassie lui présentait des amis, et les conversations reprenaient, et Valère s'échauffait, les autres aussi, et il aimait ça – jusqu'au moment où il n'aima plus…

« Il n'y a pas de riches dans la Fédération ? » « Pas de pauvres non plus » dit Valère. Brag leva les yeux au ciel, c'était un bon ami de Cassie, ils couchaient ensemble parfois, elle l'avait dit à Valère après une discute-dispute autour des temples de Dionysos et d'Aphrodite. « Alors vous êtes un pays communiste ! » Valère secoue la tête. Il connaît l'histoire, les millions de morxistes, tant et tant de cadavres avant même les Grands Bouleversements ! « La Fédération n'est pas égalitaire, dit-il. Les gens n'ont pas besoin de l'argent pour se distinguer. Ils sont jugés et appréciés sur leurs qualités, leurs aptitudes. Les moins capables, les moins doués ne sont pas rejetés, ils restent fédérés. Ils ont les mêmes devoirs, les mêmes droits, ils ont juste moins de responsabilités. Et donc moins de considération. » « Ouais. Aucune importance, la considération, quand on a autant que les autres en faisant moins ! » Jon ricanait. Un autre ami de Cassie mais pas compagnon-de-lit. Valère préfère Brag. « C'est bien le problème, Jon, dit Valère.

En Occidie, tout se résume par l'avoir. Dans la Fédération, tout ramène à l'être.» Brag fronça. Valère se sent obligé de poursuivre. «Ici seul compte le moi-j'ai. Il y a ceux qui ont beaucoup, ceux qui n'ont rien, et au milieu ceux qui voudraient avoir plus. Les j'ai-tout ont tous les droits, les sans-rien n'en ont aucun.» Jon intervint bruyamment. «Il manquerait plus que ça!» «Continue, Valère» dit Brag. «Dans la Fédération, c'est différent. Et plus compliqué. Chaque individu existe de trois manières. D'abord dans le je-suis... Comment expliquer? Le je-suis, c'est l'essence de l'être, les particularités de chacun, ses qualités, sa personnalité, sa nature profonde! Ensuite dans le je-fais. Le je-fais, c'est l'empreinte de la volonté de chacun dans le monde, la somme de ses actes, son action personnelle... Et puis enfin dans le nous-ensemble: c'est la place que chacun occupe dans le groupe, ce qu'il apporte au destin collectif... Voilà pourquoi la Fédération n'est pas un système communiste: elle met au même niveau les trois plans d'existence, alors que le communisme ne retient que le troisième. Et puis, pour terminer, la Fédération n'est sûrement pas totalitaire, puisqu'elle se place sous la protection de plusieurs Assemblées humaines et de nombreuses puissances divines!»

Jon fit mine d'applaudir l'exposé de Valère mais le garçon sait qu'il se moque – il ne se laisse plus prendre comme au début. Il redoute que Brag ou Jon ou Cassie relance la conversance sur les dieux baïkaliens – si compliqué le concept, ici, dans l'Occidie totalement étrangère au spirituel-qui-transcende! Mais Brag hocha simplement la tête. « Je comprends ce que tu cherches à expliquer, dit-il. Seulement, tu ne m'ôteras pas l'idée que la Fédération, contrairement à l'Occidie, brime les libertés. Ici, on peut faire de sa vie ce qu'on veut. À BeauVoir, il y a des gens riches qui sont nés pauvres. » Valère se tait. Trop grande la distance, trop d'énergie pour la combler, et puis pas envie, fatigué... Cassie révéla son malaise au grand jour. « Pauvre Valère, dit-elle. Tu es venu chercher une autre patrie et tu restes si attaché à celle que tu as quittée... Dis, tu penses parvenir à aimer Paradise un jour ? C'est pour ça que tu es là, non ? » Valère la regarde. « Je suis donc si transparent ? » pense-t-il. Il se force au calme, trop enflammé, c'est à chaque fois pareil, la Fédération à fleur de peau ! Il sourit à sa cousine. « Si quelqu'un arrive à me montrer les bons côtés de l'Occidie, ce sera toi, Cassie. » Elle lui rendit son sourire.

4.5

La tour qui abritait l'ambassade fédérée dressait sa façade déjà ancienne sur une artère secondaire de BeauVoir, en périphérie presque, signe du peu de considérance qu'accordait au petit État l'arrogante Occidie. Un étage seulement était concédé aux Baïkaliens – suffisant, largement, pour trois diplomates et une activité proche du rien ! Un vigile occidien gardait l'entrée avec une indolence qui étonne Valère. Un simple scan de son cyberbracelet et il peut emprunter l'ascenseur jusqu'au dixième étage – dix, le nombre de Pythagore, sûrement pas le hasard… Le garçon s'inquiète encore – il est tout proche ! A-t-il le droit d'être là, lui qui tente officiellement de devenir occidien ? Instinctivement Valère sait qu'oncle Carl serait blessé par sa démarche. S'il l'apprenait. L'ambassade était-elle le moyen de débloquer son enquête ? Comment Metrios l'accueillerait-il ? Son attitude sur le tarmac n'avait pas été d'une grande chaleur et il restait à ses yeux un Exilé-volontaire. Quant à Algos… Valère se surprend à regretter que Théous n'ait pas été à la place du jeune secrétaire. Sa solitude beauvoirienne s'en serait trouvée adoucie ! L'ascenseur abandonne Valère et ses interrogations sur un palier au revêtement défraîchi. Peinture des murs écaillée. Porte blindée rayée. Le garçon se demande si tout cela n'est pas voulu, comme une manière mesquine de tenir la Fédération en humiliance. Valère pense : « Dans combien de tours tiendrait la population de Baïkalie ? » Avec un frisson – l'espace, l'espace sauvage seul compte pour la vitalité de l'homme !

Il attend un moment avant qu'on se décide à lui ouvrir, l'ambassadeur en personne, Metrios, petit homme sec, affûté comme une lame de poignard. Son regard perçant s'attarda sur Valère puis il s'effaça et le laissa entrer. Valère qui ne baisse pas les yeux. Valère qui marque un temps d'arrêt dans le hall. « Étonnant, n'est-ce pas ? » dit Metrios. L'ambassade avait été reconfigurée selon les goûts baïkaliens, intimes et chaleureux, alternance de blancs et de rouges, fourrures, bois et métal, panneaux de laine, superposage d'ensauvagement et de confort douillet. Contre un mur, les statues d'Hermèsdiplomate et d'Hestia-le-foyer, au pied desquelles brûlait de l'encens. L'ambassadeur dit : « Nous sortons peu. Nous avons ici à la fois nos appartements et nos bureaux. » Une femme s'approcha, intriguée par l'agite inhabituelle. Entre deux âges, le port de tête baïkalien – fier. « Philia, voici le fameux Valère, l'Exilé-volontaire ! » La voix de Metrios n'était pas hostile mais doucement ironique. Elle sourit au garçon qui lui prend la main et lui embrasse le poignet selon la coutume fédérée. L'ambassadeur poursuivit : « Algos, que tu connais, a pris sa journée. Notre jeune secrétaire s'est, comment dire, vite intégré à la petite communauté insouciante des expatriés ! Mais allons boire quelque chose. Qu'est-ce qui te ferait plaisir ? » Valère tarde à répondre. Il s'attendait si peu ! Il bredouille : « Une stellaire ? Vous avez ça ? » Metrios lui tape sur l'épaule. « Bien sûr que nous en avons ! Viens. » Il conduisit Valère à travers les pièces toutes remplies de fragrances baïkaliennes jusqu'à son vaste bureau. Les baies vitrées offraient un panorama époustouflant sur BeauVoir. « La vue, dit Metrios, c'est au moins ça… Tant de choses me manquent de la Fédération ! » Un regard vers Philia qui avait posé sur une table basse, devant des fauteuils recouverts de fourrures d'ours, une tisanière fumante et trois jolies tasses aux motifs kourykanes. « Tant de choses nous manquent… »

L'ambassadeur fit signe à Valère de s'assoifaler dans un siège. Valère ouvre la bouche mais n'a pas le temps d'un seul mot. Metrios dit : « Philia et moi savons que tu n'es pas vraiment en Exil-volontaire. Le Directoire nous a bien entendu informés de ta mission. Notre aide t'est entièrement acquise, alors dis-nous : de quoi as-tu besoin ? » Valère estomaqué. « Je ne comprends pas, dit-il. À l'aéroport… » L'ambassadeur, amusé : « Il fallait conforter ta couverture ! Je dois t'avouer que ça m'a énormément plu de mettre ton oncle en rogne ! » Valère enfin se détend. En grand soulagement il est : il se pensait en zone hostile, en territoire ami il se retrouve ! Metrios s'empara de la tisanière et remplit les tasses. Valère prend une inspire. « Vous connaissez la vraie raison de ma présence en Occidie… Le Commandeur et son Directoire m'ont demandé d'enquêter sur les attentats qui meurtrissent la Fédération. Ils m'ont confié cette mission à cause de mon oncle justement. De ses contacts, de la possibilité de trouver des indices. Seulement… » L'administratrice Philia poursuivit à sa place. « Seulement, tu te rends compte que c'est loin d'être facile ! » L'ambassadeur secoua la tête. « Je devine pourquoi tu es venu, Valère : ton oncle te tient à l'écart et tu voudrais que les choses avancent. Mais si nous en avions les moyens, le Directoire ne t'aurait pas envoyé ici ! Sais-tu en quoi consiste notre travail à Paradise ? » Valère gorge nouée. Il secoue la tête. « À faire croire que les blocs issus du Monde-d'après restent proches… Qu'ils se parlent… En réalité, nous sommes soigneusement surveillés et tenus à l'écart de tout ce qui est important. Comme ton oncle avec toi. Ah ! Comment leur en vouloir ? Nous faisons exactement la même chose en Baïkalie ! » Valère ne sait quoi dire. Il laisse la tasse lui bien-brûler la paume des mains. Sa mission lui apparaît plus insurmontable encore. Philia vit la désabusance s'emparer du garçon et tenta d'insuffler ce qu'elle pouvait d'énergie-courage. « Le Directoire sait ce qu'il fait, Valère. Ton oncle Carl est une personnalité clé de Paradise et, au-delà, de l'Occidie tout entière ! T'envoyer près de lui était la chose la plus intelligente à faire. Si les dieux nous sourient et décident de nous donner le coup de pouce dont nous aurions tant besoin, c'est de l'endroit où tu te trouves que nous en ferons le meilleur usage… » L'ambassadeur renchérit : « Philia a dit tout ce qu'il y avait à dire. Je te proposerais volontiers de revenir ici à ta guise, mais tout finit par se savoir et tu compromettrais ta mission. Bien sûr, en cas d'urgence, nous serons là, quoi qu'il en coûte. » Valère remercie Philia et Metrios, hésite à poser sa tasse et à s'en aller. Mais il se ressert et profite du moment encore, comme un squalinien prend du repos avant de repartir au combat.

4. 6

Carl s'approcha de Valère, s'assit à côté de lui. « Eh bien, Valère ! Encore à la maison ? Va te promener ! Les rues sont sûres à BeauVoir. Fais les boutiques ! Tu n'as pas touché au crédit installé sur ton cyber-bracelet, j'ai vérifié… Sors, amuse-toi ! » Oncle Carl parlait à Valère mais le cœur de Valère est absent. La Fédération. Comme un coup de poing depuis plusieurs jours, depuis sa visite secrète à l'ambassade de Baïkalie – Carl l'avait-il apprise ? Il ne lui en avait pas parlé en tout cas… Le manque brutal de tout ce qui fait sa vie – sa vraie vie. L'impression de manquer d'air, de suffoquer. Un animal en cage… « C'est donc ça, le sentiment d'exil ? » songe-t-il. Il comprend mieux la sévérité de l'ultime condamnation baïkalienne : Hadès régnait peut-être sur les Enfers mais tous les Enfers n'étaient pas souterrains ! L'un d'eux pouvait très bien être une vie dont ceux qu'on aime étaient absents… Carl sembla lire dans son cœur. « Laisse faire le temps, Valère. Rien ne vient en claquant des doigts. Je te parle d'expérience. » Valère se racle la gorge. « Je suis désolé, oncle Carl. Tu dois me croire bien ingrat. J'ai tout ce que je peux vouloir, grâce à toi. C'est juste que... » « Oui ? » Carl lui tapota le genou dans une invite à continuer. « Tu as raison, Nouvelle-Sparte me manque et mes amis aussi. Je... Comment dire ? Il se passe tout le temps quelque chose en Baïkalie ! Ici... J'ai beau aller nager là-haut sous le dôme, m'étourdir d'exercices dans la salle de sport et profiter des bains de vapeur, ça ne suffit pas. » Carl le considéra. Son sourire s'accentua. « Je connais un moyen pour remédier à ça. Suis-moi ! »

Escaliers, deuxième niveau, palier, troisième niveau. Carl débloqua l'accès à ses appartements en effleurant une plaque. Valère pénètre enfin dans la partie interdite, celle de Carl, l'un des Cent de Paradise, l'un des Trois Cents de l'Occidie tout entière ! Ils s'arrêtèrent à l'entrée du couloir, devant une porte de bois – les autres étaient toutes en métal et plastol. Elle s'effaça devant Carl. « Entre, Valère. » Valère entre. Les murs de la pièce étaient couverts de livres. Combien y en avait-il ? Des milliers ! Et des milliers. « Oncle Carl ! C'est... magnifique ! » En subjugance, Valère, les yeux papillonnant. Carl s'amusa de son excite. « Je pensais bien que ça te plairait. » « Tu les as tous lus, oncle Carl ? » Carl rit. « Bien sûr que non ! Mais vas-y, pioche, prends ce qui t'intéresse. Emporte-les ou bien lis-les sur place, les fauteuils sont confortables. J'installerai une autorisation sur ton cyberbracelet pour que tu puisses venir ici à ta guise. »

Valère l'écoute à peine, il court parmi les rayonnages. Oubliés pour l'heure ses angoisses, ses doutes, ses remâchages, renvoyés à plus tard, à la solitude noctale quand il tourne et se retourne dans son lit… Traités de philosophie, romans, poèmes d'Occidie et d'ailleurs, d'Avant et d'Après, en occidien, en baïkalien, en darislamien, en muraillien, en vieux langages perdus de connaissance… Seule la bibliothèque des Assemblées égalait celle de Carl-le-Paradisien ! Valère dit : « Est-ce que les Occidiens lisent beaucoup ? » « Ils ne lisent pas, ou très peu. » « Les livres sont interdits ici ? » Carl, étonné : « Interdits ? Pour quoi faire ? C'est vrai que les livres sont rares et chers, que la plupart sont introuvables ou inaccessibles… Mais les Occidiens ne jurent que par leurs écrans. Ils s'interdisent eux-mêmes de lire ! » Valère pincement de cœur. « Je n'ai pas vu de livres dans les mains de mes cousins. Est-ce qu'ils savent ce qu'il y a au-dessus de leur tête ? » Carl eut un sourire désabusé. « Ma bibliothèque leur est bien sûr ouverte. Simplement, elle ne les intéresse pas. C'est dommage mais ce sont de jeunes Occidiens de leur temps. Le pire, c'est que ce sont eux qui ont raison… On ne doit pas aller contre l'époque. L'accompagner, c'est tout ce qu'on peut faire. »

Valère a d'autres idées sur le sujet mais il les garde, par respect pour oncle Carl-le-lecteur, possesseur de tant et tant, et finalement de rien, de rien sauf ça, ces pages par millions. « Je te laisse, dit Carl. Pas besoin de passe pour ressortir. » « Merci, oncle Carl. C'est vraiment chouette de ta part. » Geste aérien de Carl, magnanime. Valère est de nouveau seul, mais seul comme il ne l'a jamais été : entouré de mille présences, de mille je-suis à découvrir dans les fragments de je-fais déposés sur mille feuillets !

4.7

Il nage, Valère. Il coule, fait quelques brasses, revient à la surface. Il sort de la piscine tout dégoulinant d'eau chaude. Puis il s'adosse contre le mur – un recoin confortable – et laisse son regard se perdre par-delà les vitres du dôme qui coiffait la tour carlienne, dans la brume luminescente du ni-jour-ni-nuit. La désemparance le tient, la tristesse aussi. Presque deux mois déjà ! Il avait commencé par le début, par découvrir, comprendre, rencontrer. Et plus il rencontrait, plus il découvrait, plus il comprenait qu'il n'arriverait à rien. Sa seule et brève visite à l'ambassade baïkalienne lui avait confirmé l'ampleur de ce treizième travail d'Héraclès… Les seuls qu'il aimait bien, qui se laissaient aller en discutance avec lui sans entrave – une fois compris que Valère venait d'un monde où s'appliquaient d'autres règles – étaient les domestiques, qui ne pouvaient rien pour lui ! Il allait faillir, rentrer en vaincu dans sa chère Baïkalie, une amertume en bouche qui ne passerait jamais, que même le temps consacré aux livres incroyables d'oncle Carl ne parviendrait à atténuer…

Quelqu'un pénétra sous le dôme. Instinctivement, Valère se dissimule davantage. Il s'est baigné nu, comme ils le faisaient tous en Baïkalie – là-bas, si loin, dans les thermes qui lui manquent tant ! Mais pas ici, en Occidie… Valère risque un regard : c'est oncle Carl, peignoir blanc immaculé, techphone vissé sur l'oreille. Valère est soulagé – il s'attendait à Kev ou à Cassie. Devant Carl, il craint moins de se montrer. Il s'apprête donc à quitter son coin de mur mais quelque chose l'en empêche. Quelque chose d'étrange dans la conversance techphonique qu'il surprend malgré lui. « … Quel temps avez-vous à Nouvelle-Sparte ? Exécrable, j'imagine ! Allez, je préfère ma place à la vôtre ! Quant à l'attentat… Oui, je comprends… » Valère écoute sans y croire. Qui parle à oncle Carl ? Un Baïkalien ? Plutôt un membre de l'ambassade occidienne à Nouvelle-Sparte ! C'est ça, un diplomate avec qui Carl échange au sujet du dernier attentat qui a frappé la Fédération – dont lui-même a réchappé de justesse… Quelques phrases sans intérêt suivirent puis Carl raccrocha, laissant

Valère dans la confusion. Carl s'affala dans l'un des confortables fauteuils ajourés de bois clair – une fortune ici – et commença à pianoter sur l'écran du techphone. Le premier réflexe de Valère est de se montrer et de poser à oncle Carl les questions qui l'intriguent, pour en avoir le cœur net. Mais un sentiment de honte le saisit, celui d'avoir surpris une conversation qui ne lui était pas destinée – dans la Fédération on apprenait aux jeunes gens à respecter l'intimité du je-suis. Alors Valère quitte le dôme sans bruit. Glisse sur le sol en direction des vestiaires où il disparaît comme une ombre. Emportant avec lui toutes ses questionnances.

Les deux basses-salles étaient pleines. Pleines d'agite, de domestiques bousculés, de bruits et de chuchotements, de vaisselle malmenée. Pleines de tables crouli-croulant sous l'amoncellement de victuances et de breuvages. Un orchestre s'entrechauffait sur l'estrade, en prévisance de la soirée qui s'annonçait évidemment chaude-grouillante. Seul Valère reste imperméable à l'atmosphère joyeuse. L'épisode de la piscine le taraude depuis le matin. Il regrette de n'être pas passé outre, de ne pas avoir bousculé les édu-principes de son agogé. Aussi ce soir Valère s'apprête-t-il à réparer son erreur. Il se débrouillera pour entraîner Carl dans un coin et obtenir des explications… Cassie, à côté de lui, battait des mains. Plein d'amis à elle allaient venir – à Kev aussi ! On boirait, on mangerait, on danserait, on laisserait filer la nuit ! On se perdrait d'exubérance, on s'abandonnerait dans la jouisse, on ferait pâlir d'envie le monde ! « Mais moi, je n'ai pas le cœur à la fête » pense Valère. Sombre comme jamais. Pourtant il n'abandonne pas ses cousins lorsque les invités arrivèrent par grappes – signe de tête, pas poignée de main, il a retenu la leçon. Il capte des regards curieux, son histoire est partout, personne ne l'ignore : il est l'Exilé-volontaire, le fils de la sœur enfuie, le sauvage Baïkalien. Valère salue des amis de Cassie qu'il connaît. Kev le présenta à un groupe de garçons habillés comme lui. Jigs était au buffet, déjà à bâfrer. Le regard de Valère glisse sur la foule d'invités-parasites à la recherche de Carl. Il ne doit pas traîner s'il veut lui parler – oncle Carl aimait disparaître brusquement. Ses yeux butent contre une fille. Magnifique. Grands yeux verts. Cheveux noirs aux épaules. Pas le corps lourd-trop-nourri des Occidiens, mais un physique mince, athlétique. Valère étonné d'abord, honteux ensuite. Quoi ! Une autre fille accroche ses yeux ? Valère est en colère, il appelle en soutien et expiance le souvenir d'Alexia.

Tout aux affres de son je-suis, Valère ne voit pas la fille s'approcher dans un frou-froutement ambré.

Valère fronce, Valère gémit-silence, Valère ouvre des yeux horrifiés : son amour est devenu flou ! Alexia évanescente ! « Ce n'est pas possible, pense-t-il. Alexia, un fantôme ? » Il réfléchit. A-t-il été déjà loin d'elle ? Oui. Tant de semaines ? Non. L'absence et la distance suffisent-elles à expliquer l'inexplicable – l'oubli ?... « Salut, dit la fille. Je m'appelle Pam. Toi c'est Valère, n'est-ce pas ? » Ses yeux se rivèrent aux siens et ne les lâchèrent plus. En même temps qu'une nouvelle odeur d'ambre pénètre dans ses narines, Valère sent son cœur fol-battre. Et puis ça fait comme une lumière au milieu d'un clair-obscur : Pam, bien sûr ! Alexia disparaît aussitôt comme la brume en lambeaux sur le lac Baïkal les matins d'été. Valère dit : « Oui, je m'appelle Valère. Et toi c'est Pam. Pour Pamela ? » Elle rit et Valère adore son rire. « Pam pour Pam, simplement. » « C'est la première fois que tu vois un Fédéré ? » « Pourquoi ? » « Parce que tu es là, à me parler, alors que la maison est pleine de garçons plus glamour et plus riches que moi. » Le regard de Pam s'intensifia. « Tu viens à peine d'arriver en Occidie et tu as déjà parfaitement compris les mœurs paradisiennes. Bravo ! Tu m'intrigues, tu sais ? On raconte tant de choses sur la Fédération. Que vous luttez à mains nues contre des ours. Que la philosophie et la science n'ont pas de secrets pour vous. Que vous vous adonnez régulièrement à des orgies sexuelles... » Valère ne peut s'empêcher d'éclater de rire. Surprise d'abord, Pam comprit qu'il ne se moquait pas et rit elle aussi. « C'est sûrement exagéré ! dit-elle. Je trouve ça malgré tout très excitant. » Elle accompagna sa déclaration d'une ultime œillade d'étincelle puis prit Valère par le bras. « Allons boire ! Ton oncle est connu pour l'excellent armagne qu'il fait venir directement d'Espérance. » Valère se laisse faire. Le contact de la main de Pam sur son avant-bras lui procure un frisson délicieux. Il passe sans les voir devant les Paradisiens curieux. D'yeux il n'a plus que pour la beauté de Pam. D'oreille il n'a plus que pour les saillies de Pam. De nez il n'a plus que pour l'odeur entêtante du parfum ambré de Pam. De toucher il n'a plus que pour la main de Pam – et ses hanches aussi quand ses doigts s'égarent. De goût il n'a plus que pour l'alcool d'armagne avec lequel il trinque à la santé de Pam... Oncle Carl les regarda elle et lui, en murmure l'un de l'autre, et son sourire s'accentua.

4. 8

Le temps devient fou-flou pour Valère, se fond dans un gigantesque tourbillon paradisien. Main-dans-la-main avec Pam-miam, Pam-pomme, à croquer – et il croque, il craque, lui le Baïkalien, nuits denses, nuits-danses, en ses draps, en ses bras... Les sens dessus dessous, le sommeil envolé entre deux gémissures, deux coups de reins, deux jeux de hanches-que-j'ondule... Caresses expertes, il croit mourir. Pam s'amusait de sa fougue, de ses frissons ! Quand ils n'étaient pas horizontalés – allés à l'horizon en restant couchés –, Pam et Valère couraient Paradise, les cocktails huppés, les buffets grand-linge, les parties d'entre-soi. Que de la haute, comme elle disait !

Valère est dans un scaphandre plongé au fond de l'ouate. Tout lui parvient étouffé, incompréhensible, sans intérêt. Seule compte Pam, ses lèvres qu'il ambr-asse, ses soupirs quand elle se c-ambre et qu'il s'ambr-ique en elle. La Fédération ? Si loin… L'enquête, la conversance d'oncle Carl ? Il ne sait plus… Alexia ? Un souvenir vaporescent… Pilote de squaline ? Hilote de câline ! Et le tourbillon reprenait, des jours, des semaines.

Valère ne voit plus Kev ni Jigs, croise seulement oncle Carl en sourire complice et bienveillant, et Cassie-que-je-me-mords-les-lèvres-avant-de-détourner-le-regard. Une fois, elle a essayé de lui dire quelque chose, mais elle s'est ravisée – il n'aurait rien entendu de toute manière. BeauVoir n'a bientôt plus de secrets pour Valère. Pam et lui formaient le couple du moment, la belle d'Occidie et la bête du Baïkal.

« Comment tu te sens ? » dit Pam. « Merveilleusement bien. » « La Fédération ne te manque pas ? » « Absolument pas. » Elle rit. « Tu t'occidises, Valère ! » Il dit : « Je suis tombé en Pam-oison. » Elle l'embrassa encore et encore jusqu'à ce qu'il se débarrasse de sa vêture. Elle dit : « J'aime sentir ta peau contre la mienne. » « Avec toi je suis brûlant comme un moteur à hydrogène. » Elle jouait avec lui, féline. « Je vais éteindre le réacteur… » Sous les savantes caresses, Valère exhale un long soupir ambré.

4. 9

Ce soir-là, la fête était programmée dans la tour d'un riche négociant darislamien. Valère n'avait pas même relevé… Pourtant le Darislam ! Son père, la bombe et tant de choses… Mais où Pam allait, il suivait, heureux d'avoir ce droit – ce privilège. Valère voit que le décor a changé, que l'ambiance n'est plus à la mode occidienne. Que les motifs, surchargés et épurés, floresques et géométreux, jouaient avec la luminance naturelle et artificiante pour créer du clair-obscur. Valère le voit mais rien ne pénètre dans son cerveau, tout s'arrête en périphérie, bloqué par une obsession ambrée. Pam se pencha à l'oreille de Valère quand le brouhaha s'épaissit. « Le proprio est très riche, dit-elle. Darislamien, mais de mœurs totalement paradisiennes ! » Il cherche à l'embrasser. Elle fronça, le repoussa. « Pas maintenant… Tiens ! Regarde, près du buffet : nos amis ! » Les amis de Pam, aurait précisé Valère avant. Avant. Maintenant il hoche la tête et ne dit rien, il la suit, cœur pincé quand Teddy l'embrassa dans le cou – elle rit – et quand Brett lui chuchota des mots – elle rougit. « Pam ! dit Teddy. Comment vas-tu ? Tu ne t'es pas lassée du Baïkalien ? » « Tu connais Pam, dit Brett, si elle le garde, c'est qu'il assure au lit ! » Tous les trois faisaient comme si Valère n'était pas là, mais Valère est là, mais Valère se tait, mais quelque chose le pousse à cogner sur les visages hautains de Teddy-gras-du-ventre et Brett-main-molle, mais autre chose de plus fort le retient et il se contente d'un soupir… « Alors Valère ? dit Brett. Les Occidiennes, c'est quand même autre chose que les Baïkaliennes, hein ? Il paraît que vous ne vous lavez jamais, dans votre pays de sauvages. Que vous mangez la viande avec les doigts, vautrés sur les autels de dieux improbables ! » Ils rirent, Brett et Teddy. Mais pas Pam. Pam de la tristesse dans le regard – vite chassée. Valère serre les poings, les desserre, baisse les yeux sur les j-ambres interminables de Pam et se calme aussitôt. Les trois se détournèrent, reprirent leur discussion triangulée. « Des consanguins, des dégénérés, dit Teddy. Si ça ne tenait qu'à moi, je détruirais la Fédération, et le Monde-d'après se porterait mieux… » Une voix étrangement moqueuse, porteuse d'un accent d'ailleurs, s'immisça dans la conversance. « Heureusement alors que ça ne tient pas qu'à toi ! Si l'Occidie attaquait la Fédération, elle se ramasserait une raclée terrible. C'est parce qu'elle le sait très bien qu'elle se garde de le faire ! »

À la stupéfaction du groupe, un jeune homme s'était glissé jusqu'à eux. Un peu plus vieux que Valère, de leur âge plutôt à Pam, à Brett et Teddy. La peau couleur de miel, les yeux charbonneux, les cheveux sombres en bouclures. « Mais je ne me suis pas présenté, dit le jeune homme. Je m'appelle Hilal. Je suis le fils aîné de votre hôte. » Teddy-Brett pâlirent mais firent un beau sourire à Hilal dont le père, leur hôte, était un homme important, beaucoup plus riche qu'eux deux réunis. Hilal s'amusait. « Vous savez pourquoi l'Occidie n'aurait aucune chance face à la Fédération ? D'abord, il y a les satellites tueurs, les avions vifs et furtifs… Et puis les Baïkaliens, formés à se battre, durs aux coups, solides et fiers, bref, tout ce que vous n'êtes pas, vous les Occidiens ! Mais surtout, surtout là-bas vivent des dieux, près du Baïkal. Les Fédérés ne sont pas seuls : ils ont gardé ouvertes les écluses du ciel. Pour cela, et même si leurs temples sont trop nombreux, même s'ils n'ont pas regardé assez haut ni assez loin, nous autres Darislamiens nous sentons plus proches des

Baïkaliens que des Occidiens.» La longue diatribe agressive d'Hilal laissa Teddy et Brett pantoisement piteux. Hilal déjà se désintéressait d'eux au profit de Valère. Un temps d'observance, un froncement puis un haussement de sourcil. Hilal prit Valère par le coude. «Eh ! dit Pam. Qu'est-ce que tu fais ?» Hilal darda sur elle un regard plein d'assassinance. Pam pâlit. «Je vais faire visiter ma maison à ce garçon, dit Hilal. Oh, je vais le ramener ! Mais il sera différent...» Regard perçant encore. Accusatoire. Pam blêmit. Puis Hilal entraîna Valère-sans-résistance hors de la salle.

«Pauvre Baïkalien» dit Hilal. Parlant à Valère comme s'il ne pouvait l'entendre. «Tu t'es sacrément fait avoir ! Mais pourquoi est-ce que vous êtes si naïfs, dans la Fédération ?» Une chambre. Hilal laissa Valère sur une chaise pendant qu'il fouillait dans un tiroir. «Ah ! dit-il. Je l'ai ! Tiens, bois !» Il tendit à Valère une fiole que le garçon considère bêtement. Où est Pam ? Qui est cet homme à la peau sombre ? «Bois, je te dis !» Valère obéit – l'habitude. Il vide la fiole. Puis tousse. Tousse encore. Se plie de douleur. Mal au ventre ! Mal au crâne ! Mal au cœur, qui bat et bat et bat ! Hilal dit : «Oui, je sais, ce n'est pas très agréable. Mais c'est efficace !»

« Qu'est-ce que… qu'est-ce que tu m'as fait boire ? Tu… » Valère relève la tête et semble seulement découvrir Hilal. Un Darislamien ! Valère crache. « Tu m'as empoisonné ! » Hilal le fixa sombrement. « Idiot ! Je t'ai sauvé de cette fille. » « De cette fille ? » Et soudain tout lui revient, à Valère. Le brouillard, le brouillard se dissipe, il découvre les jours et les semaines qui défilent comme un film sous ses yeux. Il se voit sombrer, petit à petit, puis de plus en plus vite, sombrer dans l'ambre, dans l'ombre de Pam… « C'est une drogue puissante dont les prostituées sont friandes à Paradise, dit Hilal. L'ambre maléfique ! Elle te prive de volonté et t'enchaîne de plus en plus à celle ou celui qui l'utilise. » Valère au bord des larmes – choc des nerfs. Il tremble, tête dans les mains, près d'exploser. « Tu veux dire que… que rien n'est vrai ? Pam ? C'est une… » « Une fille de l'ambre. De haut vol, si ça peut te rassurer. Ne t'inquiète pas, l'antidote que je t'ai donné a un effet permanent. » Valère se lève comme un loup blessé. Hilal devina ses intentions. « Inutile. Elle sait que j'ai découvert son stratagème. Elle a sûrement déjà filé. » Valère en colère comme jamais. « Je la retrouverai… Je la tuerai de mes mains ! » Hilal sourit. « Enfin tu redeviens baïkalien ! Ne prends pas cette peine, BeauVoir est grand et Paradise encore plus. »

Puis le visage d'Hilal s'assombrit. «La vraie question à se poser, c'est qui?» «Qui elle est?» «Non, qui l'a payée pour utiliser l'ambre sur toi. Et pourquoi!» Trop de trop dans l'esprit de Valère, qui tourbillonne. Combien de temps avant la fin de sa période probatoire? Quelle réaction aura le Directoire quand il saura à quoi il a gaspillé son temps? Et le Commandeur? Et Philia et Metrios? Et puis cet homme, frère de sang des assassins de son père, Hilal, qui vient de le sauver de la néance! Et Alexia, oh, Alexia! Trompée, trahie atrocement! Valère étouffe un sanglot.

«Ça ne va pas?» Hilal inquiet. Valère inspire longuement. «Je dois… Merci pour ton aide… Il faut que je parte. Tout de suite.» Hilal hocha la tête et lui tendit une main que Valère, en hésitance, finit par prendre et serrer. «Bien, dit Hilal. Tu sais où j'habite: si tu as besoin de quelque chose ou simplement envie de discuter avec quelqu'un qui ne méprise pas la Fédération, n'hésite pas à revenir.» Valère plonge ses yeux transparents dans ceux, insondables, d'Hilal. «Pourquoi? Pourquoi m'avoir aidé?» Hilal haussa les épaules. «Je ne sais pas. C'est mon côté chien de berger peut-être! Ou alors, tu m'es sympathique, tout simplement. Que Dieu te garde, mon ami. » Valère dit merci encore puis s'en va, traverse la salle bondée, cherche du regard Pam-la-fourbe mais elle est partie, comme Hilal l'a dit, aperçoit Teddy-Brett, fend la foule, se plante en face et, avant qu'un mot puisse sortir de leur bouche-serpent, assène deux coups qui craquent – mâchoire-genou – puis s'enfuit dans le chaos et les cris.

5.

CE QUI DÉPEND DE NOUS

5.1

Dans sa chambre, Valère ressasse. Il songe aux dieux de la Fédération, trop loin pour l'aider. Il se rappelle alors la conversation tenue avec le Kourykane, dans un jour kryptique, à propos des dieux propres aux nations. Mais quels dieux prier en Occidie ? Le Darislamien qui l'avait rendu à lui-même avait dit la vérité : les Occidiens vivaient sans dieux et, malgré leurs tours tendues vers le ciel, ils n'existaient qu'à l'horizontale…

Allongé sur son lit, les yeux dans le vide plafonneux, Valère rumine. Devoir son salut à cet homme, Hilal, quel coup du sort ! On ne savait pas qui frappait la Fédération de lâches exploses, mais ceux qui utilisaient d'habitude des bombes, les mêmes qui avaient tué son père – furieux Darislamiens –, savaient aussi se montrer généreux…

Plongé dans le noir des murs, Valère a envie de mourir. Les effets de l'ambre sont en train de passer, laissant son corps en tremblance, son cœur en désolance, son esprit enfiévré. Deux jours sans manger, refusant de parler, Cassie refoulée. Cassie qui n'avait pas compris, qui croyait que Pam ne voulait plus, qui le pensait abîmé dans le chagrin d'aimer sans retour. Cassie qui avait exigé des autres de la patience. Adorable Cassie, la seule que Valère regretterait en quittant Paradise... Valère avait compté : dans une semaine tombait la fin de la proba-période, la fin de l'Exil-volontaire ! Dans une semaine il retrouverait les ciels glacés de Nouvelle-Sparte ! Dans une semaine aurait lieu le face-à-face qu'il redoutait avec Alexia... Valère avait remué mille arguments, mille façons d'aborder ces retrouvances. Aucun n'était suffisamment solide, aucune ne le laissait espérer.

Dans sa tête son esprit tourbillonne. Il ne peut rien pour Alexia désormais, sinon prier les dieux de l'aider à trouver les mots – plus tard. Par contre, il est encore temps d'agir pour Nouvelle-Sparte. C'était ce qu'il comptait faire le jour de sa rencontre avec Pam : demander des explications à oncle Carl, qui, dans une conversance près de la piscine, là-haut sous le dôme, avait évoqué les attentats avec quelqu'un en Baïkalie ! Il n'avait pas pu, pas eu le temps – sa volonté engloutie dans l'ambre. Pourtant, là se trouvait une clé peut-être… Valère joue un moment avec le cyberbracelet à son poignet. Le bracelet qui prouvait son identité, qui donnait sa position, qui offrait l'argent. Qui permettait aussi l'accès à la bibliothèque d'oncle Carl. Et à son bureau. « Est-ce que je vais oser ? » Effractionner et fouille-bouleverser l'antre de son oncle ! L'emploi du temps de Carl était chaotique, il passait la plupart de ses journées hors de la tour mais pouvait revenir à tout moment. Le risque était réel… Valère décide qu'il a assez perdu de temps et se lève, maîtrisant un ultime vertige.

5. 2

«*Mon fils, à chaque pas, souviens-toi de ton courage.*» C'étaient les dernières paroles de sa mère avant son départ pour Paradise. Ces mots soutiennent Valère qui grimpe sans bruit les escaliers – que dirait Tess s'il venait à échouer? Il se rend compte alors qu'il accepterait la colère d'Alexia, la déception du Commandeur, mais jamais, jamais le mépris de sa mère!

Porte blindée du troisième étage. Valère prend une inspire, cale le cyberbracelet contre la plaque. Chuintement. Valère couloir. Valère passe-dépasse la bibliothèque et s'arrête devant une porte noire: le bureau de Carl – fermé. Moment de vérité: le bracelet se colle à la serrure électronique. Valère ferme les yeux et prie Héphaïstos, dieu des mécanismes subtils. Clic: la pièce est offerte à sa curiosité dévorante! «Et maintenant?» pense-t-il. Son cœur s'affole, pas l'habitude de s'immiscer en espionnage. Encore des livres, un bureau de bois massif, des machines cligno-ronronnantes. Valère cherche à ranimer un écran somnolent mais quel mot de passe ? Cherche à ouvrir des tiroirs mais où sont les clés ? « Je suis bien avancé… » Et puis soudain Valère entend. La porte de l'étage en chuintance. Oncle Carl… Les dieux étaient joueurs.

Trop tard pour quitter la pièce : Valère cherche un endroit où disparaître. Sous le bureau – grotesque – ou derrière la seconde porte – une salle d'eau – ou bien dans le placard – oui ! Valère se serre contre le sac d'attirail golfeux, à temps juste à temps. C'était bien Carl, Carl qui sifflotait un air de ce jazz que Valère avait appris à aimer grâce à Cassie. Carl qui jeta sur le bureau un porte-documents puis disparut dans la salle douchale. Bruissements d'eau. Valère ferme les yeux. Joueurs, les dieux, mais pas cruels… C'était le moment ou jamais, l'occasion unique de se dépêtrer de cette situation dangereuse ô combien ! Valère s'extirpe sans bruit du placard, se dirige vers la porte d'entrée. S'arrête dans son élan. Sur le bureau, à côté du porte-documents, le techphone d'oncle Carl… Valère retient sa respire. Il sait que l'appareil est conçu pour garder en mémoire les conversances d'une année entière ! Dans les circuits de celui-là dorment quelque part les mots échangés près de la piscine, l'identité du correspondant mystère… Le garçon fait un pas en arrière, s'empare du techphone et se glisse dans le couloir, court-léger jusqu'à débouler de l'étage, dévale les escaliers, ne s'autorise le calme qu'une fois enfermé dans sa chambre, à la renverse sur le lit, jambes en coton.

Valère serre dans sa main l'appareil d'oncle Carl. Il a osé ! Les dieux ont voulu que son audace soit payée en retour. Fébrile il cherche dans la cybermémoire la précieuse conversance, isole le jour, sélectionne le moment. Lance l'enregistrement. La voix de Carl résonne étrangement dans son oreille. Celle de son interlocuteur – masquée – vibre de sonorités métalliques. Voix de Carl : « *J'attendais votre appel.* » Voix métallique : « *Mes hommes sont en train d'assembler un nouvel engin à partir des pièces que vous m'avez fait parvenir. Il devrait être opérationnel avant le début du printemps.* » Voix de Carl : « *Le printemps ? Nous en profitons déjà à Paradise ! Quel temps avez-vous à Nouvelle-Sparte ? Exécrable, j'imagine ! Allez, je préfère ma place à la vôtre ! Quant à l'attentat…* » Voix métallique : « *Procédure habituelle. Et silence d'ici là. Tout le monde est nerveux ici…* »

Voix de Carl : « *Oui, je comprends...* » Suivaient les banalités déjà entendues par Valère. Qu'est-ce que ça voulait dire ? Oncle Carl savait pour les attentats de Nouvelle-Sparte ! Mieux : il y participait ! Encore mieux : il disposait d'un agent infiltré dans la Fédération ! C'était impensable. Impossible ! Valère se mord le poing pour ne pas crier, le sang coule, goût de fer, chaud, qui rend ses esprits au garçon. « Je ne dois pas rester là ! songe-t-il. Dès qu'il sortira de la douche, oncle Carl se rendra compte de la disparition de son techphone. Et maintenant je sais qu'il fera n'importe quoi pour le récupérer ! » Heureusement sa faiblesse ne dure pas. Il saute sur ses pieds, fourre-bourre son sac à dos. Valère n'oublie pas les outils baïkaliens de connectance. Il hésite à laisser un mot, quelques lignes pour Cassie au moins. Il verra plus tard – pas le temps. Il croise dans les parties communes Emma-des-cuisines qu'il aime bien, la salue d'un hochement de tête. Souffle de vent. Valère quitte la tour carlienne à grands bonds d'ascenseur.

5.3

La grisaille lui saute aux yeux. Dans son délire d'ambre, il avait oublié que le jour n'était jamais à Paradise, pas plus que la nuit, juste de l'obscur que la lumière d'artifice omniprésente rendait pâlement clair. Valère se coule dans les artères encombrées de gens et panneaux électriqués, de chariots de victuances, d'étals crouli-croulants de choses à acheter. Il s'arrête dans un café – *Les Trublions* – au hasard d'une rue où il n'est jamais allé. Ne pas prendre de risque ! Le techphone d'oncle Carl était plus explosif qu'une bombe occidienne… Oui, occidiennes les bombes ! Il enrage, Valère, attablé près d'une fenêtre, il lèche son poing mordu encore douloureux – le goût acide du sang le réconforte. Il passe commande avant de sortir le module programmé pour contact-crypter le Commandeur Thérion. Il calme les battements de son cœur. Branche l'appareil.

Le visage du Commandeur holo-apparut en configuration bleutée face à celui, bien réel, de Valère. « Commandeur ? C'est Valère ! » « Je te vois, mon garçon. » « Ah oui, bien sûr. » « Et je suis heureux de te voir ! Je m'inquiétais. Nous nous inquiétions tous… » Valère se racle la gorge. « Je suis désolé, Commandeur. L'enquête était… difficile. Elle m'a demandé plus de temps que prévu… » Valère espère que la rougeur à son front n'est pas holo-transmise. Regard incisif du Commandeur. « Cette enquête, justement. Où en es-tu ? As-tu obtenu des résultats ? » « Oui, Commandeur. » Pâle sourire de Valère. « Le Directoire ne s'est pas trompé : l'Occidie trempe dans les attentats ! » « Vraiment ? Tu es sûr de toi ? » « Si je suis sûr ? Tout à fait sûr ! » « J'imagine que tu peux prouver ce que tu avances ? » « Oui, oui… Mais ce n'est pas tout, Commandeur : les Occidiens ont un agent à Nouvelle-Sparte ! Et ils préparent un autre attentat ! Pour le printemps… » Voix sinistre du Commandeur. « C'est très grave ce que tu dis. Je te le redemande : as-tu des preuves en ta possession ? » Valère prend le temps de respirer. « Un enregistrement. »

Le double holographique du Commandeur se pencha vers Valère. « Écoute-moi attentivement :

je vais demander à Metrios de venir te chercher. Il te ramènera d'urgence à l'ambassade. Pendant ce temps, j'organiserai ton rapatriement. Où es-tu, Valère ? » Valère soulagé, intensément. « Dans un café à BeauVoir, *Les Trublions*. Je ne me rappelle plus le numéro de la rue. » « Ça sera suffisant. Surtout, ne bouge pas. C'est à moi de jouer à présent. Tu as fait du bon travail. » Valère rougit encore. « Merci, Commandeur. J'ai hâte de rentrer chez nous ! » Valère éteint l'appareil et Thérion disparut. Il ferme les yeux. Enfin, enfin la fin de la Paradise-parenthèse ! Metrios allait venir. Il serait bientôt à l'abri dans le décor baïkalien du dixième étage. Il engloutirait des tasses de stellaires, discuterait avec Philia en attendant son exfiltration. Et puis retour au Baïkal. En héros… Valère respire plus fort. Ça ne lui rendra pas Alexia. Mais une raison au moins de relever la tête !

Il range le module holographique dans son sac à côté du précieux techphone. Valère demande au serveur la note, dont il s'acquitte avec le cyberbracelet d'oncle Carl. Il se rend compte alors qu'il a gardé en fond d'écran la photo de Pam. « Si je te revois un jour, sorcière, songe-t-il, si je te revois… » Mais le désir vient troubler sa colère au souvenir de la fille d'ambre. Il préfère guetter par la vitre, pour penser à autre chose, l'arrivée de la voiture de Metrios. Une intuition soufflée par les dieux puisqu'il entrevoit les silhouettes armées-cagoulées, les mêmes qu'à l'aéroport le premier jour, courir sur les trottoirs en direction du café. De son café. Le cœur de Valère s'arrête. Puis redémarre à grands battements. « Qu'est-ce que… » Pas le temps ! Le garçon prend une inspire profonde, se dépouille de son je-suis et se confie tout entier à son je-fais. Il empoigne son sac, se replie sur les toilettes, verrouille la porte, déverrouille la fenêtre et saute dans la ruelle derrière, jambes à son cou.

5. 4

Valère court : sensation kryptique. Mais les murs et la rue, pas les arbres ni la forêt ! Pas non plus les Oursiens fédérés : des agents occidiens des forces sécuritaires, une unité violente au service des j'ai-tout – oncle Carl lui a expliqué ! Valère s'étonne en se propulsant dans le dédale beauvoirien : il attendait Metrios, et à la place des hommes en armes sont arrivés. Comment ? Une fuite au niveau de l'ambassade ? Sa conversation avec le Commandeur interceptée par mal-cryptance ? Une localisation grâce aux objets paradisiens ? Tout en courant, Valère désactive son cyberbracelet. Il récupère dans son sac le techphone d'oncle Carl, ôte la batterie puis glisse l'appareil dans une des nombreuses poches de sa belle veste occidienne – un cadeau de Pam, payé avec l'argent de sa déloyauté. Les pensées de Valère vont aussi vite que ses jambes. Au moins a-t-il pu avertir Nouvelle-Sparte de l'imminence d'un nouvel attentat ! Mais que doit-il faire maintenant ? À qui peut-il faire confiance ? Et s'il n'avait pas été intercepté par les Occidiens mais trahi par l'un des siens ? Metrios, par exemple ! « Je tombe dans la paranose, songe Valère. Le mieux pour l'instant, c'est de fuir et trouver un abri. Ensuite… » Le visage d'Alexia surgit dans son esprit, comme d'habitude quand il se sent perdu. « Alexia, bien sûr ! Il faut que je contacte Alexia ! »

Valère entend des pneus qui crissent, des cris derrière les immeubles, les chocs sourds de piétinements sur le bitume. Il comprend qu'il ne sera nulle part à l'abri dans BeauVoir. « Pour survivre, pense-t-il, je dois quitter le quartier des j'ai-tout pour aller me perdre parmi les sans-rien ! » Là où les caméras sont moins nombreuses, où les forces-spé hésitent à s'entre-aventurer. Valère sait le chemin. Grâce à Pam. Ils avaient arpenté BeauVoir en long et en large tous les deux… Valère chasse Pam de ses pensées, réfléchit-infléchit sa course vers la frontière proche. À cette allure il peut y être dans une heure, une heure à se cache-cacher des hommes à sa poursuite, sans Kourykanes pour l'aider – juste la vigueur de son souffle, l'endure de ses muscles, la force de son je-fais…

Il choisit des rues sans commerce, désertes et vides – pas facile. Les bruits de course s'éloignèrent, se firent plus rares. « Ils fouillent une zone trop petite, pense Valère. Ils sous-estiment les capacités des Baïkaliens ! » Il tient toujours le rythme, pas de faiblesse ni d'hésitance dans sa course. Et quand il parvient à la frontière entre le Paradise des richupins et le Paradise des pauvreux, cela fait longtemps que personne n'est après lui... Il observe, Valère, la zone de passage, constate que sortir est plus facile qu'entrer. Il doit se dépêcher – dans combien de temps son visage affiché à tous les contrôles ? Il se mêle à un groupe quittant BeauVoir, des travail-exploités au jour le jour, besognes d'ingratitude, souffrant sans rechigne pour que les j'ai-tout ne manquent de rien. Valère passe la barrière le temps de cligner. On l'invita à s'éloigner de la zone frontière vite-vite – il ne se fait pas prier.

Ici le gris paraissait plus gris, plus dense, les rues étaient envahies par une odeur charognarde, les gens allaient tête baissée. Fini les boutiques, les commerces éclairant les trottoirs ! Valère indécis. L'idée semblait excellentissime là-bas : quitter le quartier en échappatoire ! Mais maintenant ? Les passes-passants le regardèrent, l'air mauvais, avec ses habits de BeauVoirien. « Est-ce que mon cyber-bracelet vaut encore quelque chose ? » songe-t-il. Pour mettre un terme à son errance, Valère décide de trouver un hôtel, de bouger, pour ne pas dépérir à ruminer. Il prend une rue au hasard et s'y engage, hardi.

5. 5

Quand il n'était plus repoussé par la lumière illuminescente des puissants réverbères, le brouillard du ni-jour ni-nuit reprenait ses aisances, se vautrait sur la ville comme un épais manteau opaque. Valère frissonne. Sa jolie veste pamienne n'était pas adaptée au gris-froid du véritable Paradise, celui qui s'étendait en cercles concentriques autour de Beau-Voir, dans une glaçante monotonifiance. Aucune enseigne, aucun lumignon ne venaient troubler l'obscur des rues s'égrenant sans fin parmi les façades détruites-décrépites. « Ça y est, je suis complètement perdu » pense Valère. Aucune voiture n'empruntait plus l'asphalte défoncé, aucun piéton sur les trottoirs en totale délitescence. De temps à autre, sur une artère plus large, des véhicules renforcés de grilles et plaques de blindage fonçaient au milieu des carcasses de voitures, des attroupements vocifératoires, des hommes serrés-enfrilosés autour de bidons-braseros. Rien ne donnait à Valère l'envie de s'arrêter, de questionner, de demander son chemin – s'il y en avait un. « C'est la guerre ? » songe-t-il. La postguerre plutôt, l'après-après-guerre. Valère pensait que tout ça appartenait au Monde-d'avant… Il rumine, amer. Il croyait que les sans-rien étaient des non-citoyens simplement plus pauvres et privés de droits. Il n'imaginait pas, Valère, deux pays en un, deux mondes côte à côte ! « Que pèse la pensée face au réel ? Combien de Baïkaliens ont arpenté déjà la réalité de Paradise, ou même celle de BeauVoir ? » Valère connaît la réponse : sans doute est-il le premier… Ses pensées irrésistiblement retournent vers Alexia. Il ne sait pas s'il a le droit. Après ce qu'il a fait. Mais il a besoin, besoin d'elle, de sa force, de son regard d'Aigle-Soleil ! Il donnerait dix ans de sa vie pour qu'elle soit à ses côtés maintenant. Dix ans de sa vie pour qu'elle lui souffle les mots qui redonnent courage, ceux qui aiguisent l'intelligence…

Valère a mal aux pieds. Son ventre s'affame. La fatigue de la course empoisonne ses muscles. Il décide de tenter-quoi-qu'il-en-coûte, d'aborder quelqu'un, près d'un brasero, sur l'avenue prochaine. Mais les dieux jouèrent encore avec lui et c'est loin de la chaleur brasiale, dans le gris de la rue-nuit que surgit son premier contact infraparadisien : un homme très grand, dans un manteau de cuir aux accrocs soigneusement recousus. Les cheveux longs et hirsutes, une barbe, des yeux brillants. « Tiens donc ! BeauVoir nous rend visite ! » Valère se retourne. Des comparses évidemment lui barraient la route. « Vous faites erreur, dit Valère. Je ne suis pas de BeauVoir. Je ne suis même pas occidien ! » Manteau-de-cuir tiqua. Puis éclata de rire – ça rit aussi derrière Valère. « Ben voyons, dit l'homme. Pas de BeauVoir mais sapé comme un richupin ! » Valère dit : « J'étais à BeauVoir contre ma volonté. Je suis baïkalien. » Nouveaux rires. « C'est vrai qu'ici, dit l'homme, on se bat pour ne pas être beauvoirien ! Pouah ! cette richesse, cette vie facile ! Qui en voudrait ? » Manteau-de-cuir cessa de rire. « Donne-moi cette veste. Ton argent. Donne-moi tout ce que tu as. » Valère plante son regard dans celui de Manteau-de-cuir. « Viens le chercher ! »

Surprise devant, flottement derrière. Manteau-de-cuir dit : « Ah ! Je ne te fais pas peur ? Alors c'est vrai, tu n'es peut-être pas de BeauVoir. Après tout, tu parles avec un accent bizarre. Mais ça ne change rien, tu possèdes des choses… » Il s'avança vers Valère. Valère se raccroche aux philo-principes pancratiastiques. « *Rester calme… La peur tue l'esprit, emballe le cœur et ralentit le corps…* » Valère prend une inspire. « Rappelle-toi le gymnase ! Les heures passées à s'entraîner ! » Valère assure ses pieds au sol, son sac calé sur le dos. Il reprend sa récite. « *Peu importe ce qui sera… Seule compte la manière dont tu affrontes l'instant présent…* » Manteau-de-cuir tendit un bras autoritaire vers Valère. Valère rapide, très rapide. Saisit le bras, torsion, clé-blocage, l'homme à genoux, hurlant, comparses affolés. Valère dit : « Si tes amis avancent d'un seul pas, je te brise le bras. » Manteau-de-cuir gémit – douleur atroce. Il dit : « Vous avez entendu ? Reculez, merde ! Reculez ! » Valère dit : « Je vais te relâcher, mais tu vas faire la promesse sur les dieux que tu honores de me laisser tranquille. C'est compris ? » L'homme en sourde plainte hocha la tête frénétiquement. « Est-ce que je peux lui faire confiance ? songe Valère. Le problème, c'est que je ne vais pas rester sur lui comme ça toute ma vie ! » Valère abandonne sa prise et se recule. Manteau-de-cuir se releva, main crispée sur l'épaule. « Tu m'as cassé le bras ! » « J'aurais pu, mais je l'ai seulement tordu. » Regard farouche de l'homme, grondements mauvais des comparses. « Tu es sûrement un Baïkalien, dit

Manteau-de-cuir. Un sauvage. » Il sortit un pistolet de son manteau. « Tu pensais que j'allais te laisser filer ? » Valère dit : « Je l'espérais. Maintenant je sais que les sans-rien et les j'ai-tout ont un point commun : ils n'ont aucun honneur. »

« Les sans-rien et les j'ai-tout ? dit Manteau-de-cuir. C'est comme ça que vous nous appelez dans la Fédération ? C'est bien trouvé ! » Il hésita. Avant de ranger son arme. « Je ne peux pas te laisser penser une chose pareille. Je t'ai fait une promesse, je vais la tenir. » Valère relâche sa respiration. « Mais dans la prochaine rue, ou la suivante, dit l'homme, il y en aura d'autres des comme-nous. Peut-être que tu t'en sortiras, peut-être qu'ils te tireront dans le dos avant de piller ton cadavre. » Valère sait tout ça, il l'a compris. Il dit : « Je t'ai raconté la vérité tout à l'heure : je me suis enfui de BeauVoir, on me recherche. Je dois trouver un endroit à Paradise où me cacher. » Manteau-de-cuir passa la main dans sa barbe, en grande réfléchissance. « Tu n'as pas de chance, dit-il. Il existe à Paradise des coins tranquilles, où on crève un peu moins de faim et où des milices de quartier arrivent à maintenir un semblant d'ordre. Mais ici, à MauLieu, tu es tombé dans ce qui se fait de pire. Si tu avais de l'argent, évidemment, peut-être que…» Phrase en suspens. Valère sans hésitation défait de son poignet le cyberbracelet. «J'ai ça, dit-il. Je ne sais pas si ça marche ici, mais je m'en suis servi à BeauVoir il y a quelques heures.» La main avide de l'homme s'empara du bracelet. Grognement satisfait. Il dit: «Je connais des gens qui arriveront à en tirer quelque chose. Et qui m'en donneront un bon prix!» Il regarda Valère. «Qu'est-ce que tu veux en échange?» «Je te l'ai dit: un endroit sûr où me cacher quelques jours.» Manteau-de-cuir hocha la tête. «Je te trouverai ça.» Puis il activa le cyberbracelet et tomba en arrêt devant la photo d'écran de Pam-la-fourbe. Il partit en exclame. «Mais c'est la Duchesse!» Valère se contracte. «Tu la connais?» «Si je la connais? Tout le monde la connaît à MauLieu! Elle dirige une bande. Spécialisée dans le trafic d'ambre. L'ambre, tu vois?» Valère fronce. «Je vois. Tu sais où la trouver, cette fille?» Manteau-de-cuir acquiesça. Valère dit: «J'ai changé d'avis: en échange de ce bracelet, je veux que tu m'emmènes chez elle.» Manteau-de-cuir plissa les yeux et grimaça. «Tu es sûr? Il faut avoir de solides arguments pour…» Valère serre les poings. «J'en ai. Je t'ai dit ce que je voulais en échange du bracelet. Maintenant, allons-y.»

5. 6

Manteau-de-cuir entraînait Valère au profond de MauLieu. Par des chemins impossibles. Un trou dans une façade, un couloir d'immeuble, une échelle de métal rouillée pour une course sur les toits, et puis va-que-je-me-plaque-contre-un-mur-sale, va-que-je-m'accroupisse-derrière-une-voiture-sans-roues, pour l'évitance de groupes patibulaires. Manteau-de-cuir avait laissé ses hommes vaquer, seul il était avec Valère pour tenir sa promesse : le cyberbracelet contre la Duchesse. Valère suit, voit, apprend. Court parfois – son guide a de longues jambes. Il fatigue, bien sûr, mais sait que le moment n'est pas venu pour la reposance, pas tout de suite – retrouver Pam d'abord. Oh, se venger il y songe, Valère ! Mais il est revenu à la raison. Touché par le doigt d'Athéna sur son front, maîtresse des Harfangiens. Il repense aux paroles d'Hilal : tant de mystères pamiens ! De réponses possibles… Et puis qui d'autre que

Pam pouvait à MauLieu lui offrir un contact avec Nouvelle-Sparte ?

« C'est là » dit Manteau-de-cuir. Une bâtisse comme les autres mais en meilleur état. Ouvertures étroites sur deux niveaux, plus larges ensuite. L'œil exercé de Valère repère des canons de fusil dans les fenêtres-meurtrières. Bien protégée, Pam ! Une armée il faudrait… Manteau-de-cuir dit : « C'est moi qui parle. Ils me connaissent. Pas sûr qu'ils nous laissent entrer, mais au moins, ils ne nous tireront pas dessus ! » Valère commence à apprécier Manteau-de-cuir. Dommage que ! Dans une autre vie, peut-être… Ils marchèrent jusqu'à la porte de bois lourd bardée de plaques en métal et s'arrêtèrent devant un garde revêche. « Qu'est-ce que tu veux, l'Arpenteur ? » Manteau-de-cuir-l'Arpenteur se dressa de toute sa taille pour toiser le gardien. « Quelqu'un veut voir la Duchesse ! Quelqu'un de la haute ! Il est attendu… » Valère avait choisi de ne pas mentir et de miser sur la curiosité de la fille d'ambre. Le garde dévisagea Valère. « C'est toi ? » « C'est moi » dit Valère. Sans baisser les yeux. « Je dois annoncer qui ? » « Valère. » Le garde jacta un long moment dans un micro accroché sur le revers de son blouson. Sans façon il vint palper le garçon et fouiller son sac à la recherche d'une arme, pistolet ou couteau. «C'est bon. Tu peux monter.» Valère pousse la porte qui cède dans un clic à sa pression. «Pas toi!» Manteau-de-cuir avait emboîté le pas à Valère avant de buter contre la menace noir-métalleuse de l'arme gardienne. L'Arpenteur grimaça à l'intention du garçon. «Nos chemins se séparent donc! J'espère que tu trouveras ce que tu es venu chercher. Et que tu pourras ressortir sans encombre!» Valère salue sincèrement de la main Manteau-de-cuir et pénètre dans la maison.

Un luxe plein d'ostentation, en contraste avec la grisaille extérieure, vient cogner ses yeux. Jaune le plafond du vaste hall habité par un escalier gigantesque et un lustre d'étincelles, rouges les tentures qui couvraient en drapés savants les cloisons orange contre lesquelles s'appuyaient des fauteuils aux mêmes teintes, où des filles à demi nues dardaient sur lui leurs regards ardents. «L'équivalent occidien du temple d'Aphrodite» pense Valère. Amusé, pas effrayé. «Valère! Eh bien, toi, tu ne manques pas de cran!» Descendant les marches entre deux cerbères costumés, Pam-la-fourbe, robe fuchsia fuseau fendu haut, cheveux en chignon soigné, souriait de joie. Elle s'arrêta néanmoins à bonne distance. «Tu m'excuseras de ne pas venir t'embrasser, mon chéri, mais je me suis laissé dire que les Baïkaliens étaient capables de vous étrangler le temps de dire "ambre" ! »

Le cœur de Valère bondit. Pam était resplendissante et l'ambre-fini ne pouvait rien y changer. Il dit : « C'est exact. En plus, pour être totalement franc, c'est une chose qui me fait très envie. » Pam rit. « Tu donnes aussi dans les sévices ? Mmm ! je suis de plus en plus excitée ! » Puis elle ne rit plus. Voix sèche. Regard méchant. « Arrêtons ça. Tu es là pour te venger, hein ? Te venger parce que j'ai fait de toi mon jouet ! Ah, s'il n'y avait pas eu ce Darislamien… » Elle recula d'un pas, de plus en plus méfiante. « On t'a fouillé à l'entrée. Tu n'as pas d'arme. C'est quoi, ton plan ? » Valère lui adresse un sourire-candeur. « Et toi, Pam ? Pourquoi tu m'as laissé entrer ? Tu aurais pu tout simplement ordonner qu'on m'assassine, là-dehors. » « Pourquoi ? Je ne sais pas, mon chéri. Sûrement que je veux savoir pourquoi tu t'es aventuré dans Mau-Lieu. Tu as bravé beaucoup de dangers pour arriver jusqu'ici… Est-ce que c'est pour me tuer ? » « Je suis venu te demander de l'aide » dit Valère. En savourant comme une revanche l'étonnement sans bornes qui envahit le visage de Pam-la-fourbe…

5. 7

Valère est assis dans le salon privé de Pam. Avec Pam. Les gardes partis. Sur une table basse, des tasses enfumées et des petits pains garnis de miel, des fruits et du fromage aussi, ainsi que d'épaisses tranches de viande cuite. L'estomac de Valère part en gargouillance. Pam dit : « Sers-toi, idiot. Depuis combien de temps tu n'as pas mangé ? » « Je ne sais même plus. » Valère se jette sur les plats. Les dernières heures avaient été riches en événements mange-calories… « Tu as fait une grosse impression à mes filles, dit Pam. Je crois qu'elles seraient prêtes à donner une semaine de paye pour pouvoir te câliner ! » Valère dit : « Je ne suis pas dans une dynamique câlins en ce moment. » Elle papillonna des yeux. « Dommage. » Elle changea de place, vint se coller au garçon, déplaçant dans son sillage une inimitable fragrance ambrée. Valère dit : « Hilal m'a donné un antidote à l'ambre, Pam. Tes efforts sont inutiles.» Pam capitula, belle joueuse. «Bah! c'est mieux comme ça. Tout ce qui viendra de toi sera vrai, désormais.»

Valère cesse de mâcher pour mieux regarder la sublime. «Tu es une fille étonnante, Pam. Je te déteste sincèrement pour le tour que tu m'as joué, et en même temps je t'admire pour ce que tu es.» Elle adressa à Valère un sourire. «C'est un beau compliment que tu viens de me faire. Peut-être même qu'on ne m'en a jamais fait de plus beau! Oh, ces ordures de BeauVoir me glissent souvent des mots de velours, mais leurs mots ne valent pas plus qu'une merde sur un trottoir. C'est celui qui le tourne qui donne sa valeur au compliment, et le tien, mon Baïkalien, ressemble à de l'or pur.»

Valère la fixe-profond. «J'ai vraiment cru que tu étais beauvoirienne, Pam.» «Moi? Une comédienne, rien d'autre! Je prends l'argent où il est. Je sais que ça se passe autrement là d'où tu viens, que les gens ont de l'importance en eux-mêmes, que les pauvres n'existent pas et les riches non plus. Seulement ici, sans argent, tu vaux moins qu'une bête. Alors oui, je vends mes charmes, je vends aussi ceux des filles que tu as vues en bas, mais grâce à moi elles vivent mieux que la plupart des femmes de cette ville. Parce que Paradise, le vrai, celui qui commence quand BeauVoir finit, c'est la loi du plus fort. Et dans ce type de rapports, les femmes ont rarement le dessus. L'argent de ma maison me permet de soustraire mes filles à la violence de la rue ! » Valère a le cœur serré. « Si j'en avais le pouvoir, Pam, je t'emmènerais vivre en Baïkalie. » Cet élan attendrit Pam. « Et mes filles ? J'abandonnerais mes filles ? C'est gentil, Valère, mais c'est un rêve. » Valère songe un moment. Il dit : « Pourquoi être venue en personne à BeauVoir, pourquoi ne pas avoir confié le travail à l'une de tes filles, comme tu les appelles ? » « Pour le prix qu'offrait ton oncle Carl, dit Pam, je devais m'en charger moi-même. »

Valère, de stupeur, laisse tomber la pomme en croquance. « Tu as dit oncle Carl ? » « J'ai dit oncle Carl. Il m'a donné une petite fortune pour que j'utilise sur toi le pouvoir de l'ambre. » Elle se mit à grignoter un bout de pain. Valère cogite rapide. Oncle Carl… Hilal avait raison, l'importance du qui-derrière était plus grande que celle du qui-devant ! « Mais pourquoi ? Mon oncle ! » Pam le regarda en désolance, puis lâcha quelques mots dans un techphone. Alors que Valère se bouleverse toujours, une fille apparut avec un petit appareil qu'elle tendit à Pam en lançant au garçon une œillade enflammée, avant de disparaître derrière une tenture. Pam posa l'engin sur la table. « Je prends toujours la précaution d'enregistrer mes rendez-vous importants, dit-elle. Une technologie avancée, indétectable. Une merveille odieuse qui m'a coûté trois jours de copule ! » Elle lança l'audition. Valère reconnaît la voix de Carl. « … *Je veux que ce garçon oublie pourquoi il est venu à Paradise. Qu'il se noie dans les plaisirs, tous les plaisirs. Je compte sur vous pour ça !* » Voix de Pam : « *Ça va vous coûter cher…* » Voix de Carl : « *C'est vrai. J'aurais pu utiliser des moyens plus radicaux et moins coûteux. Un séjour en prison par exemple ! C'est le sort qu'on réserve aux espions. Mais il s'agit malgré tout de mon neveu…* » Voix de Pam : « *Combien de temps voulez-vous que j'étourdisse votre neveu dans les plaisirs de l'ambre ?* » Voix de Carl : « *Quelques semaines. Le temps pour sa période probatoire d'arriver à terme. Je veux que Valère reste pour toujours en Occidie, que la Fédération lui enlève sa citoyenneté, qu'elle le condamne à un exil définitif ! Un ami perdra un ennemi. Et moi je gagnerai un fils…* » Pam arrêta l'enregistrement. « Le reste me concerne » dit-elle. Mais Valère en a assez entendu. Tout se mélange de nouveau dans sa tête ! Un ami ? Un ennemi ? Un fils ? Un étourdissement le prend, l'oblige à se laisser aller dans le fauteuil. Pam dit : « Valère ? Ça va ? » « Aussi bien que ça peut aller quand on a été trahi… »

5. 8

« Désolée, dit Pam. Je n'ai pas l'équipement qui convient. » Elle rendit au garçon la carte à système ondifère pour connectance alexienne. Valère ne cache pas son dépit. Il fallait à tout prix mettre en place son exfiltrance ! Valère abandonne l'idée d'un appel officiel à la Fédération. Car oncle Carl ! Oncle Carl au courant de son missionnage ! Il l'a entendu, Valère, sur l'enregistrement de Pam : en prison les espions ! Or l'entretien avait eu lieu avant sa visite à Metrios et avant l'épisode de la piscine. Alors qui avait pu vendre la mèche ? Quelqu'un de l'ambassade ? Plausible. Quelqu'un dans les Assemblées, au sein du Directoire ? Probable. Il fallait du pouvoir pour organiser les paniques-bombes ! Valère se resserre sur le sûr : Alexia. Alexia ne le trahirait jamais ! Il lui confierait son âme…

Valère serre les poings. « Je dois absolument contacter quelqu'un en Baïkalie. Tu ne connais personne qui… » Pam secoua la tête. « Personne à MauLieu en tout cas. À BeauVoir, par contre… Mais je ne suis pas la bienvenue là-bas en ce moment. Je te rappelle que j'ai échoué dans la mission qu'on m'avait confiée ! » Valère se mord une lèvre. « Est-ce que tu es en danger, Pam ? » Elle lui sourit, reconnaissante. « Non, rassure-toi. Ton oncle est puissant, c'est vrai, mais j'ai des amis qui le sont aussi. Et puis je lui ai rendu une partie de son argent ! D'ailleurs, si je m'étais sentie menacée, je ne t'aurais pas fait ces confidences. » Elle continua. « Tout ça à cause de ton ami darislamien. S'il n'avait pas découvert que tu étais sous l'emprise de l'ambre… » Valère écarquille les yeux. Claque des doigts. « Mon ami darislamien ! Bien sûr ! Hilal m'a offert son aide ! Si je pouvais… » Pam observa le garçon, une tristesse furtive dans le regard. « Te faire entrer à BeauVoir n'est pas un problème, dit-elle. Beaucoup de bandes ici trafiquent avec les richupins. Drogue, filles ou garçons, alcool, rien n'est impossible ni interdit à ceux qui ont l'argent. Tant que ce n'est pas officiel. Pas de ça chez nous, qu'ils disent. Les hypocrites, les donneurs de leçons, les pervers ! C'est pour ça que des endroits comme MauLieu existent. Pour avoir, à portée de main, de quoi assouvir ses vices en jouant les vertueux. »

Pam avala une goulée d'air pour se calmer. « Non, te faire passer le mur n'est pas un problème. Ça coûte juste un peu d'argent. » Valère la regarde, étonné. Il dit : « Tu sais bien que je n'ai rien, Pam. Tu veux que je te paye comment ? » Elle planta ses yeux verts dans les siens, bleus. « Avec un baiser. Donne-moi un baiser, Valère, un vrai, un sincère, pas arraché avec l'ambre, offert avec ton cœur. » Le cœur de Valère justement s'emballe terriblement. « J'ai un amour en Baïkalie… » Pam tremblait. « Ce n'est pas ton amour que je veux ! Juste un baiser. Pour me dire que… me dire que… » Sa voix vacilla et mourut.

Valère se lève et vient à elle, touché énormément. Il la prend par la taille, passe son bras derrière sa nuque, se penche sur son visage. Pose ses lèvres frémissantes sur celles de Pam-yeux-fermés. L'embrasse long, profond. Sent contre son cœur-à-lui son cœur-à-elle battre follement. Pam la main enfouie dans les cheveux de Valère. Lorsqu'enfin ils se lâchèrent, Pam avait le regard comme jamais. « Tu as eu pitié de moi, n'est-ce pas ? dit-elle. Ce n'est pas grave, c'était délicieux… » Valère lui attrape la main. Il dit : « Je ne t'ai pas embrassée pour te faire plaisir ou pour payer quoi que ce soit, Pam. Je l'ai fait parce que j'en avais envie. Vraiment. » Les lèvres de Pam s'ouvrirent sur un sourire-soleil. « Merci, Valère. » Elle se serra contre lui, la tête sur sa poitrine, et lui il la prend dans ses bras pour la bercer tendre – comme des amis désormais.

5. 9

« Ne t'inquiète pas, Baïkalien, l'Arpenteur sait ce qu'il faut faire. » Manteau-de-cuir avait adressé un signe à son groupe, à l'approche de la porte choisie pour pénétrer dans BeauVoir – à l'écart. « Un des gardes travaille pour MauLieu, dit-il. Enfin, pour l'argent des MauLieusards ! » Valère se sent mal à l'aise dans son accoutrement de garçon-jouet en livrance. Il a laissé à Pam ses vêtures, sa veste, ses chaussures. Pour ressembler à... ça ! « Tu es sûr que ça va marcher ? Hilal n'a pas franchement le profil d'un amateur de garçons-jouets ! » « Bah ! les richupins qui vivent à BeauVoir, Darislamiens, Occidiens, Muralliens, ce sont tous les mêmes ! Et puis la Duchesse donne dans la prostiture, en quoi voulais-tu qu'elle te déguise pour que la ruse soit plausible ? Ne t'inquiète pas, va, l'important n'est pas que ça soit vrai, mais que ça fasse vrai ! » Valère se met à rire doucement. « En fait, songe-t-il, je suis le cheval de Troie d'Ulysse, le bélier laineux avec lequel il a trompé le Cyclope ! » Du coup lui plaît la ruse de Manteau-de-cuir pour traverser la frontière. Pam ne s'était pas trompée en confiant au chef de bande miteux le soin de son passage… « En tout cas, dit Manteau-de-cuir, tu es mignon tout plein, Baïkalien. Je vais avoir du mal à empêcher les gardes de te tripoter ! » « Débrouille-toi pour que ça ne soit pas le cas. Je brise la nuque du premier qui profite de la situation. Et fais attention à mon sac, il contient des choses précieuses ! » Manteau-de-cuir grimaça, la douleur dans son bras encore présente. « Tu en es capable, sauvage. » Mais personne ne toucha le garçon, et Manteau-de-cuir ajusta sur son épaule le bagage de Valère. Le garde corrompu se contenta d'empocher l'enveloppe. Signe de tête, regard méprisant et passez-la-compagnie, Valère court vêtu, entouré des comparses de l'Arpenteur dans les rues de BeauVoir ! Valère dit : « C'était facile. » « C'était facile parce que la Duchesse a fait les choses comme il fallait. Crois-moi, on n'entre pas comme ça sur le territoire des richupins ! »

Ils marchèrent le long d'un itinéraire qui semblait choisi avec soin. « À BeauVoir, impossible d'échapper à la surveillance, dit Manteau-de-cuir. Des caméras partout ! Alors on a pris l'habitude d'emprunter toujours le même chemin. Les gardes nous voient, ils savent qu'on trafique, qu'on répond à une commande des patrons, et ils ne s'inquiètent pas. » C'était malin. Mais long le chemin, longs les détours par des rues défréquentées ! Valère frissonne, s'enfroidit dans sa tenue légère. « Tiens le coup encore un peu, dit Manteau-de-cuir, on arrive. » De fait la tour darislamienne surgit sous leurs yeux au tournant d'un mur. « Seul, je ne serais jamais arrivé jusqu'ici » songe Valère. Ses pensées vont en remerciance vers Pam. Pam qui s'était amusée à le déguiser avec ses filles. Pam qui lui avait caressé la joue avant qu'il parte, dans un prends-soin de grande touchance…

Pas le moins du monde impressionné, Manteau-de-cuir fait face aux vigiles, au pied de la tour métal-et-verre. Il dit : « On vient livrer la commande de M. Hilal. » Il poussa Valère en avant sous l'œil des hommes, indifférents-les-uns, intrigués-les-autres. Un vigile s'étonna. « Tu ne t'es pas trompé ? C'est pas le genre de la maison, cette sorte de marchandise ! » Manteau-de-cuir haussa les épaules. « Qu'est-ce que j'en sais ? Je n'ai pas la prétention de comprendre les richupins ! Moi on me dit tu livres, alors je livre. » Un autre vigile dit : « On s'en occupe. » Manteau-de-cuir se tourna vers Valère, lui rendit son sac précieux et lui parla en chuchotance. « Cette fois, on se sépare pour de bon ! Que tes dieux te veillent, Baïkalien. » Valère tend sa main. Manteau-de-cuir surpris. La prend. Sous les regards moqueurs. Puis il s'en alla avec sa bande, en chemin inverse.

Les vigiles fouillèrent Valère sans ménagement. Puis l'un d'entre eux le poussa dans l'ascenseur. « Une chance pour toi que le patron soit curieux, dit le vigile. Maintenant, tiens-toi tranquille, ne fais pas l'imbécile. Compris ? » Valère acquiesce. Il espère tomber sur Hilal au débouché de l'ascension. Bing ! Valère est soulagé : c'est son ami qui se tient devant lui, œil sombre, peau sombre, cheveux sombres. Hilal l'observa, d'abord désapprobateur puis intrigué, un étonnement qui grandit jusqu'à l'explosion de rire. « Toi ? Dieu tout-puissant ! Mais enfin, Valère, quelle dégaine ! » Valère dit : « C'est long à expliquer... Disons que je suis depuis hier l'Ulysse d'une improbable Odyssée. En tout cas, crois-moi ou non, mais je suis heureux de t'avoir trouvé ! » Hilal congédia le vigile, qui ne comprenait plus rien, et entraîna Valère au cœur de ses appartements. « Tu vas me raconter ! Je vais faire apporter de quoi boire et manger. Mais avant toute chose, direction la salle d'eau ! Tu vas d'abord retrouver un aspect humain ! » Valère volontiers se laisse faire, avec un sourire fatigué. « Oui, songe-t-il, Ulysse et ses épreuves, avant de rentrer chez lui… »

6.

LE GOÛT DIVIN DE LA PRÉSENCE

6.1

Valère se sent bien. Terriblement bien. Le jet brûlant sur sa peau. Décrassé. Les vapeurs chaudes parfumées. La vêture qu'il porte, darislamienne, douce et confortable. Le coussin sur lequel il est assis, tiède et moelleux. La table devant lui, débordant de victuances… Valère pousse un long soupir d'aise. « On parlera quand tu auras mangé, dit Hilal. Mais tu as déjà meilleure allure ! » « Merci pour… tout ça » dit Valère. Hilal balaya les remerciances valériennes d'un geste. « C'est normal d'aider un ami. » Valère s'étonne. Un ami ? Ils se connaissaient à peine ! Savait-il, son hôte, qu'il y a quelque temps encore, il vouait le Darislam aux feux d'Hadès ? Valère ne peut pas faire semblant. Payer d'insincérité tant de générosité et de désintéressance ! Le garçon repose dans l'assiette l'aile d'oiseau délicatement grillée, subtilement relevée d'épices.

Hilal haussa les sourcils. «Quelque chose ne va pas?» Valère fixe gravement son hôte. «Tu m'ouvres ta porte avec générosité. Tu m'accordes ta confiance. Or je ne mérite ni l'une ni l'autre.» Hilal attendit calmement la suite. Valère dit: «Mon père était un diplomate baïkalien, en poste au Darislam. Il est mort dans un attentat. Assassiné. Je déteste les Darislamiens de tout mon cœur...» Hilal reçut la confidence en hochant la tête. «Cette colère, mon ami, est à ton honneur. Elle signifie que tu aimais ton père au-delà de la raison! Ceux que l'on aime devraient toujours l'être ainsi. Mais la haine, Valère, la haine est un frein. Elle limite notre horizon.» Hilal planta son regard dans celui de Valère qui ne cille pas. «Me hais-tu, Valère?» Valère secoue la tête. «Alors tout est bien» dit Hilal. Et il but une tasse de thé brun. Valère est stupéfait. Il s'attendait si peu à la réaction d'Hilal! «Seulement quelques années de plus mais tellement de sagesse!» pense Valère. La colère légitime, la haine excessive. L'idée le taraude. Il était tombé dans l'*hubris* et ne s'en était pas aperçu... Valère inspire-expire profondément. Une digue s'ouvre au fond de lui, laisse s'écouler un ruisseau d'humeurs mauvaises.

Hilal fronça. «Cette histoire, ton père tué dans un attentat... Ça m'évoque quelque chose. C'était il y a combien de temps ?» Le cœur de Valère se serre. «Seize ans.» Hilal pianota sur son écran. «Ça y est, j'y suis, dit-il. Un attentat suicide dans le hall de l'hôtel Mamoun, à Nour-Bagdam, notre capitale. Plusieurs morts dont le diplomate baïkalien Maxence...» «Mon père.» La voix de Valère s'étrangle. Hilal eut un regard de sympathie attristée. Continua à lire. «Attentat revendiqué par les Soldats-de-Dieu.» Il releva la tête vers Valère. «Une faction particulièrement extrême.» Replongea la tête vers sa tablette. «Ah ! Je lis qu'une enquête poussée du califat darislamien a conclu...» Hilal s'arrêta. Fronça encore. «A conclu quoi ?» dit Valère. Hilal dit : «A conclu que les Soldats-de-Dieu avaient agi sur sollicitation extérieure. Autrement dit, que l'attentat avait été commandité. Et que les commanditaires n'étaient pas darislamiens.»

Un silence s'instaura entre les deux garçons que Valère brise en premier. «Qu'est-ce que ça veut dire ?» «Ça veut dire que le Darislam reste coupable du meurtre de ton père, puisque les Soldats-de-Dieu sont darislamiens. Mais ça veut dire aussi que les responsables courent toujours.» Valère digère l'information. De tous les rapports qu'il a pu lire, pas un ne mentionne cette enquête darislamienne et encore moins ses conclusions. Valère dit : « Tu es sûr ? Je veux dire, pour cette enquête ? On n'en a jamais entendu parler dans la Fédération ! » Hilal marqua la surprise. « Ah ? C'est étrange… Il est bien stipulé que les résultats ont été transmis à l'époque au chef de la diplomatie baïkalienne. » Valère frémit. « Ils donnent le nom de ce diplomate ? » Hilal consulta son écran. « Thérion. C'est important ? » Valère encaisse le choc. « Thérion est aujourd'hui notre Commandeur, le chef de la Fédération. C'est lui qui m'a poussé à venir en Occidie. C'est aussi le dernier à qui j'ai parlé avant d'être pris en chasse… »

6. 2

« Pour résumer, dit Hilal, la Fédération est touchée par des attentats qui seraient planifiés par l'Occidie et exécutés par un Baïkalien. Ce Baïkalien, ce traître, serait votre chef lui-même, le Commandeur Thérion. Thérion qui t'a poussé à accepter une mission d'espionnage à Paradise. Thérion encore qui aurait jeté contre toi les forces-spé beauvoiriennes… » Valère hoche la tête. Ils discutaient depuis des heures, Valère en argumentation butoir, Hilal en incisive opposance. Le Darislamien fit une grimace. « Je sais que tu possèdes un enregistrement compromettant ton oncle et son mystérieux complice. Un enregistrement corroboré par celui de la fille d'ambre. Dommage d'ailleurs qu'elle n'ait pas voulu te le confier… Mais cette histoire reste fragile ! » Valère a un mouvement d'humeur. Hilal dit : « Ne t'énerve pas, c'est vrai ! Il reste beaucoup de questions sans réponse. Pourquoi votre Commandeur travaillerait-il avec l'Occidie, quand l'Occidie rêve de voir la Fédération disparaître ? Pourquoi Thérion aurait-il couvert hier l'assassinat de ton père ? Pourquoi voudrait-il aujourd'hui t'éloigner de la Baïkalie ? Avoue que c'est tiré par les cheveux ! » Valère serre les poings. Hilal a raison, il y a trop d'angles morts dans son raisonnement pour parvenir à des conclusions définitives. Mais son instinct lui crie qu'il est sur la bonne voie ! Oncle Carl disposant d'un « ami » puissant pour mettre en place les bombes… Thérion jouant du ressentiment de Valère contre le Darislam pour l'inciter à partir enquêter et se débarrasser d'un « ennemi »… Oncle Carl se servant de Pam pour faire perdre à Valère la tête jusqu'à la fin de sa période probatoire, l'enchaînant définitivement à l'Occidie et gagnant un « fils »… Thérion enfin demandant l'adresse du café-refuge de Valère quelques instants avant les bruits de bottes sur le trottoir… Un frisson glacé parcourt l'échine du garçon. Mais si Thérion est bien le traître qu'il imagine, alors personne ne sait, à Nouvelle-Sparte, pour l'attentat à venir !

Hilal reprit la parole, provoquant un sursaut chez le garçon enfoui-enfui dans ses pensées. « Ce qui m'étonne le plus, c'est que tu sois retourné voir la fille d'ambre.» Valère s'empourpre. «J'étais traqué, égaré en plein MauLieu. Quand mon détrousseur a évoqué Pam, je me suis dit que c'était le seul moyen d'obtenir de l'aide.» Hilal secoua la tête. «Elle aurait pu te tuer.» «J'aurais pu la tuer aussi...» «Quand même, quel oncle paierait une prostituée pour qu'elle pratique la magie d'ambre sur son neveu?» «Le mien, dit Valère: Carl. Celui qui trempe dans les attaques contre la Fédération.» Le garçon vibre de colère. Hilal se voulut apaisant. «Après tout, tu as peut-être raison au sujet de ton Commandeur. À qui se fier? Toi, Valère, à qui te fierais-tu les yeux fermés?» Valère, sans hésitance: «À Alexia, l'amour de ma vie! À ma mère aussi. À deux amis également, je crois.» Il se rend compte qu'il aurait orgueilleusement répondu, deux jours plus tôt, qu'il pouvait se fier à n'importe quel Baïkalien. Grandement raccourcie, la liste... «Et moi, tu te fies à moi?» Valère observe son hôte. Pas d'ironie chez Hilal mais de la souffrance. Valère sincérise. «Je te fais confiance. Tu m'as aidé deux fois déjà. C'est deux fois plus que n'importe lequel de mes compatriotes.»

Hilal se rejeta en arrière dans les coussins, en grande mélancolie. «Tu es chanceux. Moi, j'ai mon père, je le respecte et je l'aime, mais je ne peux pas lui faire confiance parce qu'il décide tout à ma place. Mes frères, eux, sont prêts à me tuer pour gagner un rang dans la succession ! Ma sœur, je la connais mal, elle s'est mariée à treize ans et elle a quitté la maison. Ma mère est morte… » Valère a aussitôt un mot prévenant pour Hilal qui l'accepta avec un sourire triste avant de continuer : « Quant à mes amis, je n'ai jamais su s'ils m'appréciaient moi ou l'immense fortune de ma famille… En fin de compte, Valère, tu es le premier avec qui je parle aussi librement, le premier à qui j'entrouvre mon cœur. Parce que tu prends avec simplicité ce que je te donne. Parce que tu n'attends rien de moi que des choses limpides. Et parce qu'en retour tu m'offres ta sincérité, la virulence de tes passions, quand tout le monde ici joue la comédie. » Valère se racle la gorge. « Merci, Hilal. Je ne sais pas quoi répondre à ça. » « Alors ne réponds rien. »

Valère plonge son regard clair dans celui sombre de son ami. « Que faisons-nous maintenant ? » « Que faisons-nous ? Moi, je retourne dans mon bureau pour travailler. Tout le monde n'a pas la chance d'être un touriste baïkalien ! Quant à toi, tu m'as dit que tu voulais joindre ton amie Alexia ? Tu trouveras dans le meuble, juste derrière, un appareil à système ondifère capable de faire fonctionner ta mystérieuse carte. Prends tout ton temps ! On se retrouve ici pour dîner. »

6. 3

Dans la brume noctale courait Alexia. À petites foulées, le souffle maîtrisé. Sa vêture collée de transpire. Un bandeau rouge en feutre kourykane empêchait la sarabande de ses cheveux, ondulant à l'arrière comme le guidon d'un navire. Ses chaudes chausses en cuir, ses semelles souples de pin-résine transformaté, écrasaient la couche de neige qui craquait-gémissait. Les sphères phosphoreuses accrochées au mât des réverbères s'allumaient et s'éteignaient au fur et à mesure de son passage sur le quai désert. Bientôt elle parvint au temple d'Hermès. Quelques minutes pour calmer l'emballe de son cœur, mains sur les hanches, denses nuages de vapeur hors de sa bouche – le froid très froid de l'hiver baïkalien. Elle passa comme une ombre et pénétra dans le bâtiment sacré. Désert lui aussi. Au centre, comme dans tous les temples baïkaliens, la statue du dieu, pareil à ses frères et sœurs en pierre, en bois, en métal. Du lapis pour les yeux – et de la peinture dorée sur les pieds ailés du divin voyageur. Une énorme vasque remplie de résine enflammée éclairait la lourde tête, penchée légèrement. Vivants il semblait à Alexia, son doux sourire et sa bouche entrouverte, comme pour mieux écouter et mieux répondre ! Elle vint près du dieu et s'assit en tailleur sur le sol, face à lui.

« Hermès ! C'est moi, Alexia. Oh, je ne suis pas venu t'embêter avec mes jérémiades. Je t'avais demandé de veiller sur mon ami et peut-être le fais-tu. Tu dois être las d'écouter les plaintes des Baïkaliens, d'entendre leurs sanglots, de sentir leurs larmes contre ton corps de pierre... Je t'épargnerai ça, ce n'est pas mon genre ! J'avais seulement envie de parler, ce soir. Drys et vous autres, les dieux, vous êtes les seuls à qui je peux me confier. Pour mes parents, pour mon petit frère et ma petite sœur, je suis une fille forte, et c'est vrai ! Mais Valère me manque tant. Quand je ferme les yeux, je sens ses caresses sur ma peau, ses baisers dans mon cou, ses mots qui ensorcellent mes oreilles. Quand je les rouvre, je me retrouve dans un monde où il n'est pas et mon cœur, mon pauvre cœur, se demande pourquoi il doit continuer à battre... » Alexia changea de position avant de reprendre son monologue. On aurait dit que le dieu était attentif. « Valère est parti. Il ne m'a jamais donné de nouvelles. Il ne reviendra peut-être plus. Je lui en veux terriblement ! Je le déteste de m'avoir abandonnée après ses promesses dont je garde la trace partout ! Je me sens idiote, ô Hermès ! Et du coup, nulle part à ma place… » Elle interrompit son discours pour frapper du poing le dieu de pierre. « Ramène-le ! dit-elle. Où qu'il soit et quoi qu'il fasse ! Et si tu ne veux pas, va donc rejoindre ton oncle Hadès aux Enfers ! »

Elle se leva, une larme roulant-coulant malgré elle sur sa joue rouge encore de froid et de vitesse. Puis une sonnerie discrète repoussa le silence dans les recoins de la vaste salle. Alexia se hâta vers la porte. Elle aurait dû couper sa microtablette, par respect pour le dieu, mais la pensée de Valère l'en empêchait toujours – si c'était à ce moment-là qu'il se décidait à appeler ? Alexia se réfugia dans le péristyle, à l'abri d'une colonnade. Elle prit la communication. Le visage de Drys apparut sur l'écran miniature. « Alexia ! Qu'est-ce que tu foutais ? Tu en as mis du temps pour répondre ! » Alexia dit : « Désolée… J'étais dans le temple d'Hermès, je ne pouvais pas… » Drys la coupa, voix surexcitée. « Tu ne devineras jamais ! » « Quoi ? Quoi ? Allez, s'il te plaît ! » Alexia avait peur d'y croire. Son cœur battait. « Valère ! dit Drys. Il essaye de te joindre ! Je suis en train de calibrer son appel. Dès que c'est fait, je le transfère sur ta microtablette. Ça risque de prendre un peu de temps, je ne suis pas seule dans la salle transcriptoire... » Alexia chavira, sentit le sol bouger sous elle, se reprit en s'adossant au pilier. Le froid glacé de la pierre la ramena. « Valère, songea-t-elle, enfin ! » Elle tourna son regard vers l'entrée du temple, un sourire en offrande – un grand sourire, un sourire plein et vibrant. « Merci, Hermès » dit-elle. Il fallait donc brutaliser la statue d'un dieu pour qu'il vous donne ce que vous souhaitez le plus au monde ? Sa microtablette s'éclaira de nouveau. « Alexia... C'est toi ? » C'était la voix de Valère. Alexia dit : « C'est moi. » Sous ses yeux, le visage de son aimé.

6. 4

« Mon amour, pardon, pardon pour le silence, pour mon silence. » Alexia laissa filer le mot « silence », elle s'en moquait à présent, elle retint le mot « amour », c'est tout ce qui comptait. Elle dit : « Valère ? Est-ce que tu vas bien ? » Le visage du garçon avait changé. Plissé par la fatigue, ou la contrariété. Les joues creusées. Valère dit : « Bien mieux depuis quelques instants ! Que je suis heureux de te voir, Alexia, et de t'entendre... » Elle rosit de plaisir. « Raconte-moi, Valère, raconte-moi l'Occidie, ta famille, ta vie là-bas ! Tellement prenante... » Les derniers mots sonnaient comme un reproche. Alexia se mordit une lèvre, elle ne voulait pas. Valère répond tristement. « C'est trop long à expliquer... Mais tout ne s'est pas passé exactement comme je le pensais... » Sur l'écran miniature, il ferme les yeux, secoue la tête. « Je te dirai tout, je te le promets. Plus tard. » Alexia n'osa pas le couper. Valère dit : « Il y a plus important que moi, que nous. J'ai appris des choses graves. Un nouvel attentat va avoir lieu ! Il faut avertir les Assemblées ! Il faut... » Alexia posa un doigt sur la bouche virtuelle de Valère comme pour le faire taire. « Ton attentat a eu lieu déjà... Une autre bombe, hier. L'Agora. Des morts, encore... » Valère s'effondre de l'autre côté. Il gémit. « J'aurais dû t'appeler plus tôt ! À cause de moi... » Alexia dit : « Tu n'y es pour rien ! Les dieux ! Ce sont les dieux... » Valère retrouve une assise. « Comment réagissent les gens ? » « Ils grondent contre l'inefficacité du Directoire. Le Commandeur a proposé aux Assemblées de concentrer le pouvoir, le temps de traverser cette mauvaise passe. » Valère pâlit. « Écoute, Alexia, écoute bien : le Commandeur dévoile son jeu ! C'est lui qui fomente les attentats ! Avec l'appui de l'Occidie ! Si le Commandeur est plébiscité par les Assemblées, la Fédération court à sa perte ! »

Alexia resta suffoquée. Elle regarda sans réagir le visage torturé de Valère sur l'écran. Avait-il perdu la raison ? « Valère... Tu es sûr que ça va ? » Elle reçut l'expression désarçonnée et déçue du garçon comme un coup de poing dans le ventre. Il dit : « Tu ne me crois pas, c'est ça ? Tu penses que je suis fou ? » Alexia tempéra. « Je ne pense pas ça ! C'est juste que… » Sa microtablette vibra d'un autre appel. « Je te reprends tout de suite, Valère. Je dois absolument répondre ! » Elle bascula sur le visage de Drys. Son amie dit : « Je ne vais pas pouvoir maintenir le contact longtemps ! Il y a de plus en plus de monde ici… » Alexia gronda. « Quelques minutes encore ! C'est important ! » Laissant Drys marmonner, Alexia revint à Valère. « Je sais que ça paraît complètement dingue, dit le garçon, mais je te jure que c'est vrai ! » Elle qui se faisait une joie de retrouver son ami, resté silencieux trois longs mois… Voilà qu'il lui balançait des infos fin-du-monde ! « Alexia ? Tu es toujours là ? » Elle revint de ses songeries. « Je suis là, Valère. » Il vrille ses yeux dans les siens, aussi fort que possible malgré l'écran, malgré le lointain. « Est-ce que tu me fais confiance ? » dit Valère. En même temps sa voix dérape étrangement. Le cœur d'Alexia bondit. « Bien sûr ! » dit-elle. « Alors fais quelque chose ! D'où je suis, je ne peux rien. Même pas bouger. On me traque. On me pourchasse pour les informations que je viens de te livrer. S'ils savaient que tu es au courant toi aussi… » Alexia, d'une voix douce : « Qui ça, "ils" ? » « Le Commandeur. Mon oncle Carl. Les Cent familles, qui tiennent Paradise. Et peut-être d'autres encore ! »

Alexia réfléchit hâtivement – Drys pouvait couper la conversance n'importe quand. C'est que Valère semblait réellement convaincu ! Mais disait-il vrai ? C'était une autre chose… Le Commandeur en trahison, les menaces qui planaient sur eux tous. Si cela était, devait-elle – pouvait-elle – se dérober ? Elle songea : « Même s'il est devenu fou, que vaut-il mieux ? Le perdre en le rejetant ou bien le rejoindre dans sa folie ? Oui, qu'est-ce que je désire le plus ardemment ? » L'évidence balaya ses doutes comme le vent du soir la poudre de neige sur les bords du Baïkal. Elle dit : « Je vais t'aider, Valère. » Le garçon s'apaise. Ses yeux pulsent d'épuisance sur l'écran. « Merci. » Mais Alexia n'avait pas fini. « Où es-tu ? » « Chez un ami… À l'abri. » Elle insista. « Maison ? Jardin ? » « Tour. Une tour immense, en plein cœur de BeauVoir, au centre de Paradise. » Elle se tut mais nota mentalement les coordonnées géographiques que renvoyait l'appareil. Elle dit : « Je vais t'aider, Valère. Oui, je vais t'aider. » Puis l'écran clignota et Valère disparut.

6. 5

« Alors ? dit Hilal. Tu as réussi à contacter ton amie ? » Valère hoche la tête. « Elle va pouvoir faire quelque chose pour toi ? » « Pas pour moi, mais peut-être pour la Fédération. » Hilal eut une expression dubitative. « Des enjeux importants semblent engagés. Ton amie, elle a les épaules et des appuis solides ? » « Les épaules sûrement. Les appuis... Sa famille est ordinaire, comme la plupart des familles baïkaliennes. Mais dans la Fédération tout est toujours possible. Parce que nous ne sommes pas seuls ! Il y a les dieux. Et les dieux aiment jouer ! »

Un domestique apporta le repas du soir. Hilal attendit qu'il soit parti. « C'est un mystère pour moi » dit-il. Valère pioche dans le plat, trempe un morceau de viande dans une sauce épaisse. « Quel mystère ? » Hilal dit : « Vos dieux... Pourquoi plusieurs quand on peut n'en avoir qu'un seul ? » Valère s'étonne.

Hilal semble vouloir débattre. Valère évitait justement. Pour ne pas risquer de froisser son hôte… «Le dieu unique dont tu te réclames est né sur une terre désolée, dit le garçon, un désert dominé par un soleil écrasant, régissant et rythmant la vie du moindre être vivant. Chez nous, il y a des forêts et des animaux, des ruisseaux et des lacs, de la chaleur et de la neige, de la glace aussi, plein de couleurs de glace, des vents et des nuages, des ciels tous changeants… Une diversité de dieux pour une diversité de lieux ! » Il avale sa bouchée. Hilal dit : «Ton plaidoyer poétique sur la nature baïkalienne est très réussi ! Tu sais, j'éprouve la même émotion, le même attachement pour ce désert qui semble te terrifier ! » Hilal se resservit de thé. «Chez moi, je veux dire dans mon vrai chez-moi, au Darislam, la fenêtre de ma chambre d'enfant donnait sur les vastes étendues désertiques. J'ai passé des heures à y perdre mes regards. Je te montrerai quand tu viendras. » L'invite était improbable mais Valère apprécie. «Je te ferai visiter moi aussi mon pays, si tu viens un jour en Baïkalie, dit-il. À condition que tu me promettes de ne pas briser les statues de nos dieux et de laisser tranquilles les filles qui vont chez nous tête et bras nus ! » Valère fait de la provocance, mais Hilal se contenta de sourire et continua, les yeux ailleurs, peut-être là-bas, dans les sables et les rocs de son enfance. « Les oasis, perles de verdure dans l'écrin jaune et gris du très-sec, ont davantage de prix que toutes tes forêts baïkaliennes. Les choses rares et précieuses sont toujours uniques, Valère. »

Valère écoute. Il aime la façon dont Hilal évoque sa terre. Mais il aime aussi la discusse et reprend le fil de leur conversation sur les dieux. « Tu n'as que le mot "unique" à la bouche, et pourtant tu couvres ta table de plats divers, tous délicieux. » Hilal sourit à son ami, avant d'engloutir une galette épicée. « Qu'est-ce que tu essayes de me dire ? Que vous mangez vos dieux ? » Valère s'amuse de la pointe d'humour. « Moque-toi ! Ce sont les Christaniens qui font ça, en Occidie… Nos dieux, au contraire, nous les nourrissons ! Avec des offrandes. Des fumées. Et des fumets ! » « Tu en plaisantais tout à l'heure, mais dans ma religion, rendre un culte à des idoles est un grave péché. » « Je sais. J'ai lu vos textes sacrés. Ils foisonnent de violences… » Hilal s'insurgea. « Mais notre histoire, qui remonte loin dans le Monde-d'avant, est également remplie de poésie et de beauté ! » Valère ne veut pas fâcher son ami. Il ne veut pas non plus renoncer. « Une histoire d'hommes » dit-il. « L'histoire des hommes est aussi celle de leurs dieux» dit Hilal. «Mais la vôtre, elle s'est faite avec votre dieu ou malgré lui?» Hilal but une gorgée de thé. «Les deux sans doute.» Valère continue sur sa lancée, au risque d'aller trop loin. «Les Soldats-de-Dieu qui ont tué mon père... est-ce qu'ils ont obéi à ton dieu ou est-ce qu'ils l'ont trahi?» Hilal comprit toute l'importance de sa réponse. Il ne chercha pas d'esquive. «Nous parlons à cœur ouvert, mon ami. Nos langues sont libres... Le Darislamien qui fait paisiblement prospérer ses affaires est aimé par Dieu. Tout comme celui qui combat les adorateurs d'idoles... Tu le sais si tu as lu les textes: Dieu prend grand soin de distinguer ses fidèles des infidèles, jusqu'à ce que l'humanité devienne une seule communauté unie dans sa loi... Ces mêmes textes interdisent notre amitié. Pourtant regarde, elle existe!» Valère lève un regard interrogateur sur Hilal qui poursuivit. «Comme de nombreux Darislamiens, je pense que les textes sacrés doivent être approchés de manière mesurée. Je suis persuadé que Dieu a fait le pari de notre intelligence et que sa parole rapportée n'est qu'une piste qui conduit à Lui.»

C'est la première fois que Valère entend ça. Hilal apprécia son vif intérêt et, par un juste retour des choses, questionna à son tour. « Vous vous référez à des textes, en Baïkalie ? » « Nous avons des textes conçus par des hommes pour des hommes. Nos dieux à nous ne s'expriment pas. Nous n'avons pas de livre sacré qui résume la vérité du monde ou qui donne un sens au temps qui passe. Pour les Baïkaliens, tout est incertitude et conjectures. Nous ne savons pas ce qui va advenir, les existences ne sont tracées nulle part. C'est pourquoi je suis heureux de savoir les dieux nombreux à mes côtés ! Quant à l'absence d'un dieu qui saurait tout à notre place, eh bien, ça nous oblige à conquérir les connaissances nécessaires pour faire face aux événements et comprendre ce qui nous entoure ! » Hilal médita le discours de Valère en grignotant des dattes fraîches. « Je crois que j'aime mieux ma place que la tienne, dit-il. Je préfère penser qu'existent une vérité du monde et un sens donné à nos vies. La manière baïkalienne est terriblement risquée. Exigeante ! Elle demande une grande force. Je ne suis pas sûr de la posséder. » Valère regarde au loin, loin par-dessus l'épaule de son ami. « Moi non plus, dit-il. Moi non plus. »

6. 6

Alexia dans le matin glacé. Des cernes immenses sous ses yeux pâles – trop courte la nuit à ressasser. La jeune fille sortit du bâtiment peint en rouge, comme le temple d'Arès tout proche qu'on aurait dit en dégoulinance de sang. Elle marchait à présent sur l'avenue, fouli-foulait la pellicule blanche que tous les pas n'avaient réussi à souiller, en songeant à l'entretien étrange qu'elle venait d'avoir. Lukos était un homme qu'elle estimait. Dans la Fédération il y avait en prestige égal les pilotes de l'académie Ikaros – squalines félines colère-dans-le-ciel – et les murmureurs de la Base-Phœbé – satellites-tonnerre de Zeus-protecteur – et les nautoniers du Baïkal – baleines de métal – et les commandos Léonidas – les guerriers-foudre ! Le général Lukos, léonidien, avait présidé les cérémonies des Aigles-Soleil. C'est en confiance qu'Alexia avait décidé de lui parler. Surtout qu'elle n'ignorait rien des liens d'amitié entre le guerrier et le père de Valère tué…

Lukos avait reçu sa sœur d'Ordre. Hésitante au début, elle avait sous sa pression gentille raconté toute l'histoire. Le visage de l'officier s'était fermé au fur et à mesure. Il avait simplement tressailli quand elle avait cité Valère. « Ça ressemble au récit d'un aède particulièrement inventif » avait-il dit. Elle avait protesté. Il avait dit : « On ne peut pas t'enlever ton engagement ni ta conviction. » Elle s'était tue – que fallait-il dire pour être mieux écoutée ? Alors qu'elle commençait à ravaler sa déception et sa colère, prête à prendre congé, Lukos avait changé d'avis. « Je ne crois pas un mot de ce que tu racontes mais j'irai malgré tout en parler au grand-prêtre d'Arès, dieu protecteur des Aigles-Soleil. » Alexia avait bredouillé un remerciement, puis elle avait quitté le siège du commando.

L'avenue croisa le débouché d'une entrée souterraine. Le monorail Ladôn passait là, au-dessous. Elle s'y engouffra. Dévala les marches. Grimpa dans une navette en partance. Expira longuement, yeux fermés, renversée sur son siège. Les dieux étaient témoins : elle avait fait ce qu'elle pouvait pour la Fédération. C'était à eux d'agir désormais, si le sort des Baïkaliens leur importait. Il était grand temps, quant à elle, de penser à Valère…

6.7

Le descenseur, avec un chuintement familier, entraînait Alexia dans le tréfonds d'Ikaros-la-souterraine. Elle avait craint de croiser d'autres académiens, de devoir converser, mais les dieux étaient avec elle : personne ne se trouvait à l'entrée du complexe aéronautique. Elle avait choisi son heure, bien sûr, celle des élèves au réfectoire, des pilotes et des techniciens au mess, des administrants chez eux… Les gardes, par contre, seraient en patrouille, forcément. Eh bien, elle se débrouillerait en cas de nez-à-nez ! Elle s'arrêta au niveau équipementaire, pénétra dans un local ouvert. « À partir de maintenant, pensa Alexia, c'est trop tard pour reculer. » Elle sortit d'une pendoire une combinaison de squalinienne, en cuir de loup et peau de phoque gris, renforcée de pièces métalliques. Elle fit glisser sur le sol sa vêture et resta un moment à frissonner. Car on entrait nu dans la combi-ciel, c'était la règle, c'était le rite… Alexia s'équipa, enfila gants et bottes à sa taille, prit sous le bras le casque en résine à visière d'argent. « Bouge ! se dit-elle. Le plus difficile est devant. » Elle recommença à trembler mais ce n'était plus de froid. Alexia préféra les escaliers, dédaignés par les académiens. Son pas léger fit tinter les degrés métalliques. Enfin elle parvint dans le hangar où dormaient les aéronefs. « Je suis folle » songea-t-elle. De mémoire de Baïkalien, jamais personne n'avait volé de squaline. Ni quitté sans motif de guerre le ciel de la Fédération. Encore moins fait route vers l'Occidie… « Arriverai-je seulement à la mettre en marche ? » Théoriquement, elle était capable de réveiller une squaline, de lui faire quitter la base, de la guider une fois là-haut. Théoriquement…

Les lieux étaient déserts. Les dieux approuvaient son action ! Elle en tira du réconfort. Les parois de métal luisaient d'une phosphorescence bleutée. Elle déambula parmi les fauves froids assoupis, caressant une carlingue, un museau effilé, souriant à son reflet dans les vantaux brillants. Une squaline en particulier retint son attention. Semblable à ses sœurs, elle était malgré tout singulière. « C'est un ancien modèle ! Exactement ce qu'il me faut. » Les élèves académiens s'entraînaient sur des appareils de vieille génération. Peu de différences avec les aéronefs plus récents, mais Alexia était en grand besoin de repères. Sans hésiter, elle grimpa l'échelle étroite, déverrouilla la cabine, s'installa dans le fauteuil qui se creusa et se moula à son corps. Elle débloqua l'interrupteur général : le tableau de bord répandit dans l'habitacle ses lueurs dorées. Alexia se mit à murmurer. On ne pouvait pas l'entendre, mais elle voulait sceller une complicité en chuchotant comme on le fait avec un familier. « Bonjour, ma belle… Je suis Alexia, je vais t'emmener faire un tour… Je suis sûre que tu n'as pas souvent l'occasion de prendre l'air… » En même temps, elle vérifiait les niveaux. Tous les pleins étaient faits – eau, missiles. Elle effleura une touche – l'échelle s'escamota dans le flanc. Une autre – le nez se releva. Une encore – la squaline feula doucement, réveillée. Alexia ajusta son casque. La squaline se mit en mouvement, lentement, roues-silence sur le revêtement de béton mauve, vers les sas de sortie. Ailerons repliés elle glissait au milieu de la meute immobile, masse sombre, ombre et fantôme de squaline qui n'aurait jamais dû… Les sas étaient hors de vue des bâtiments, ce qui faisait son affaire puisqu'aucune sortie n'était programmée. Alexia fit entrer la squaline dans le caisson étanche, ni trop vite ni pas assez, en grande douceur – manœuvre parfaite. « Comme à l'exercice dans la salle de simulation » songea-t-elle. Elle inspira-expira puis actionna de son poste la commande de mise-en-eau. « Les dés sont jetés à présent ! » Derrière elle, une porte épaisse coulissa et le caisson se remplit. Alexia chuchota les paroles rituelles qu'elle n'avait pas le droit de prononcer – il n'y avait aucun serment et aucun vol avant la fin de la troisième année académienne. « *Belle squaline… Je te confie ma vie… Emporte-moi dans le ciel…* » La porte devant elle s'ouvrit automatiquement quand le caisson fut plein. Alexia enclencha l'aqua-mode, actionna le levier de commande.

La squaline se faufila-glissa dans l'obscurité froide des profondeurs du Baïkal. Le cœur d'Alexia vibrait d'une excitance totale. Sa peur était restée dans le hangar ! Elle pianota sur le tableau de bord. Obéissante, la squaline leva son nez et prit la direction de la surface, au départ lentement puis de plus en plus vite. Alexia, plaquée au fond du fauteuil, cria de joie. Puis d'un coup, le fauve mi-poisson mi-oiseau creva les eaux du lac et jaillit dans les airs, déploya ses ailerons qui devinrent ailes. La pâle lueur du soleil d'hiver caressa les techno-capteurs et la squaline ronronna de plaisir. Alexia ne se laissa pas distraire par la terrible beauté du crépuscule. Ikaros avait sûrement donné l'alerte. Elle passa aussitôt son appel sur un canal très-crypté. « Drys ? dit-elle. J'ai réussi ! » Voix de Drys dans les écouteurs : « Waouuuuuh ! » « Tu es prête ? » dit Alexia. « Toujours prête ! Même pour une bêtise qui va briser ma carrière et pourrir ma vie. » Alexia sourit dans son casque. Drys était... était... Drys était son amie ! Alexia dit : « Alors c'est parti ! » Là-bas, dans la Base-Phœbé, Drys lança un programme savamment élaboré. Et Alexia, qui elle aussi avait préparé son plan de vol, fit rugir les moteurs à hydrogène. La squaline se cabra et bondit, disparut dans le corridor sécurisé que Drys avait construit pour son amie, à l'abri des radars et des représailles satellitaires. Quelques minutes plus tard, elle était loin de la Fédération. Alexia dans sa squaline. « J'arrive, Valère ! »

6. 8

« Valère ? Debout mon vieux ! Réveille-toi ! Allez ! » Hilal secouait Valère qui profitait enfin d'un lit plein de confort. « Hein ? Quoi ? Qu'est-ce qui se passe ? » Il peine à se dégager des bras puissants de Morphée, repousse par un effort de volonté l'étreinte du dieu-sommeil. « Il y a quelqu'un pour toi » dit Hilal. « Quelqu'un ? » Valère, assis sur les draps en bataille, se gratte la tête. « Quelle heure est-il ? » « Le milieu de la nuit. » Valère soupire. Manque se rallonger. « Ce quelqu'un ne peut pas revenir plus tard ? » Hilal secoua la tête. « Impossible. » « C'est mon oncle ? Je suis stupide : tu l'aurais reçu et renvoyé sans me réveiller. Cassie ? Non, je sais : Pam ! » Hilal se moqua. « Lève-toi, tu verras bien. » Valère se lève. Enfile la nouvelle vêture apportée par son ami. « Il faut que tu sois beau ! » dit Hilal. Le sommeil est définitivement parti, piqué-chassé par la curiosité. Valère quitte la chambre derrière Hilal.

« L'ascenseur ? dit-il. Je croyais que tu habitais le dernier étage ! » « C'est le cas. » Valère fronce. « Alors où va-t-on ? » « Sur le toit. » Valère soupire. « Sur le toit… Quelqu'un est venu me voir et tu le fais attendre sur le toit ? » « Exactement ! Une fois que tu l'auras formellement identifié, il sera autorisé à entrer. » Les portes s'ouvrirent. Il faisait effectivement nuit-jour – le brouillard luminant un peu plus sombre qu'à l'heure du jour-nuit. Sur la plateforme pour aéronef de la tour, un étrange appareil était posé, tout fumant d'une longue course. Le cœur de Valère se décroche. Il reconnaît aussitôt une squaline. Et devant la squaline une jeune femme-pilote, casque à la main. Sous la menace de trois vigiles lourdement armés…

« Alexia ! » Valère hurle. Se précipite. Elle lâcha son casque. Ils s'étreignirent. Cris de surprise partagée. « Alexia… » Il souffle son nom à son oreille. Elle s'agrippait à lui. Il dit : « Mais comment ? » Elle : « Plus tard. Nous n'avons pas beaucoup de temps. » Avant de poser ses lèvres sur les siennes. Derrière eux, Hilal en raclements de gorge. « Hum ! J'imagine que ça vaut pour une identification formelle ! » Ils se retournèrent. « Alexia, voici Hilal, mon hôte. Mon ami ! » Alexia yeux ronds. « Il est darislamien ! »

« Hélas, dit Valère. Personne n'est parfait. » Hilal lui donna une claque sur l'épaule. « Hilal fait l'effort d'oublier que j'adore des idoles. Et moi qu'il obéit à un dieu jaloux. » « C'est assez bien résumé ! dit Hilal. Venez vous mettre à l'abri, Alexia. Je vais faire préparer une collation. Vous savez, c'est la première fois que je vois un aéronef baïkalien et une femme-pilote. Vous êtes magnifique dans cette combinaison ! Elle vous met particulièrement en valeur… »

Valère prend son amie par le bras. « Ne l'écoute pas, c'est un beau parleur. » Alexia eut un regard brûlant. « Ça ne suffira pas pour me détourner de toi ! » Hilal se sentit mal pour Valère, dont la brusque gêne est dissimulée par la grisaille. Alexia : « Il fait toujours ce temps-là en Occidie ? » « C'est une horreur, n'est-ce pas ? dit Hilal. Suivez-moi, l'air est meilleur dans la tour. Les nano-filtreurs tournent à plein. » Ils gagnèrent l'ascenseur, Hilal en tristesse – ami en partance – et Alexia en joie fatiguée – les retrouvailles, le trajet. Valère, quant à lui, est inquiet. Inquiet pour la Fédération – quelles nouvelles apporte Alexia ? – et pour lui-même – quand doit-il avouer Pam-d'ambre ? « Les dieux me feront signe » songe-t-il. Avant de se laisser happer par la grâce éphémère de l'être-là.

6. 9

Le général Lukos marchait mains dans le dos aux côtés du grand-prêtre d'Arès, Agon dans sa toge rouge, homme âgé portant haut et fier ses années. Ils parcouraient les jardins recouverts de neige jouxtant le temple du dieu de la guerre et de la force, devant le bâtiment où Agon résidait. Lukos était un homme de très grande taille, souple et élancé, les muscles comme des câbles d'acier, le cheveu très court, l'œil gris, une cicatrice terrible sur le visage – trace d'un duel au couteau. Il se demandait s'il avait bien agi en se confiant à Agon. S'il avait fait bon usage de la confiance de cette jeune Aigle-Soleil, Alexia. S'il avait, par sa démarche, rendu service à Maxence… Il voulait dire à Valère ! Sa confusion le troubla. Ils étaient inséparables tous les trois dans leur jeunesse, Maxence, le père de Valère, diplomate promis à de grandes fonctions, Thysia, devenue grande-prêtresse d'Athéna, et lui-même, le guerrier-foudre !

Lukos avait suivi le parcours de Valère, par fidélité à son ami disparu. Rendu des visites à Tess. Souri récemment, même, quand Valère était devenu harfangien comme son père. Et maintenant, maintenant Valère se trouvait dans une situation intenable, accusant le Commandeur ! Peut-être Lukos aurait-il dû se rendre chez Thysia, mais Agon avait plus d'expérience, et Arès était le dieu des jeunes kryptiques et des Aigles-Soleil dont il était lui-même le guide depuis des années...

Agon dit : « Tu as bien fait de venir me voir. Il est toujours difficile de distinguer dans la trame des intentions divines ce qui est important de ce qui ne l'est pas. » Agon se tut, Lukos attendit patiemment. « Cette histoire de trahison, dit Agon, les puissants d'Occidie marchant main dans la main avec le Commandeur pour commettre les horribles attentats qui ensanglantent Nouvelle-Sparte... » Il prit Lukos par le bras, comme s'il cherchait une aide pour avancer. Lukos courba davantage son grand corps pour rester au niveau du prêtre. « Cette fille, dit Agon, comment s'appelle-t-elle déjà ? » « Alexia. » « C'est ça, Alexia ! Elle serait académienne, comme son ami Valère, parti pour un Exil-volontaire en Occidie ? » « Oui. » Agon eut un rire de mépris. « Ikaros ne donne donc pas assez de travail à ses élèves pour qu'ils inventent des histoires pareilles ? Mon cher Lukos, je ne vois dans les élucubrations de ces jeunes gens qu'un désir condamnable d'attirer l'attention ! Ils feraient mieux de se concentrer sur leurs études, et d'épuiser leur trop-plein d'énergie dans les gymnases ou bien les temples d'Aphrodite et de Dionysos ! »

Lukos hocha la tête sèchement. « Je regrette de vous avoir dérangé, Agon. » Le grand-prêtre s'arrêta. La buée sortait de sa bouche en saccades. « Ne regrette rien, Lukos. Nous sommes souvent de mauvais juges, il est bon de partager nos doutes à la recherche d'un éclaircissement. Et puis, cet épisode nous aura donné l'occasion de passer du temps ensemble. Les Moires louchent sur le fil de mon existence, démangées par l'envie d'y mettre un coup de leurs ciseaux ! » Lukos adressa au vieil homme un de ses rares sourires. « Nous devrions rentrer, dit-il. Le froid aujourd'hui est plus vif que d'habitude. Peut-être que l'hiver sera profond cette année. »

7.

CE QUE L'ON DOIT À LA GUERRE

7.1

Valère avait fait ses adieux à Hilal et promis des nouvelles, tous les deux écrasés par une émotion sincère. Puis la squaline avait quitté le toit en feulifeulant, illuminé le ciel paradisien avec la chaleur de son réacteur, crevé le plafond de grisaille comme la surface d'un lac pour s'abreuver à l'éther scintillant sous les étoiles. Alexia dit : « Quelle puanteur là-dessous ! » Sa voix parvient à Valère dans le casque de secours tiré du coffre de secours sous le siège de secours, derrière le fauteuil de pilotage. Il dit : « On s'habitue. » Pas bavard. Contemplant plutôt. C'est ça, en contemplance du cosmos dont l'Occidie était coupée – du dehors comme du dedans. Alexia dit : « Ça va, Valère ? C'est étrange, tu ne sembles pas heureux de me voir ! De rentrer chez nous ! » « Je suis désolé. Bien sûr que je suis heureux ! Tu es ce qui me manquait le plus au monde. La Fédération aussi. Et ma mère bien sûr ! Mais il s'est passé des choses… »

Il prend une respirance. Alexia: «Parle-moi, Valère. Crache ce que tu as sur le cœur, vas-y!» Il se tortille sur le siège de cuir. «J'avais des certitudes... J'en ai encore, mais certaines vacillent.» Alexia l'encouragea d'un mouvement de tête – elle pilotait, elle ne pouvait pas plus. «Un Baïkalien, chef suprême de la Fédération, organise le massacre d'autres Baïkaliens et lance des hommes à mes trousses, dit Valère. Pendant ce temps, un Darislamien dont les concitoyens ont assassiné mon père m'offre son aide et son amitié...» Alexia hocha la tête. «Tu me l'as assez répété, dit-elle, la réalité n'est jamais simple! C'est à ça que les dieux nous préparent: accepter la complexité du monde et faire face à l'inévitable imprévu.» Valère reçoit avec gratitude les paroles de réconfort de son amie. Mais il pense: «La complexité du monde... Maintenant je sais que la Fédération n'est vaste-comme-le-ciel que par un jeu de miroirs! Au-delà de son éclat aveuglant, la Baïkalie est un simple morceau de l'étoffe rapiécée du Monde-d'après. Solide et soyeux, bien sûr, mais morceau quand même...»

Alexia rompit le silence. «Tu veux me parler d'autre chose?» Valère hésite. Il dit: «Les mœurs occidiennes... Je me suis surpris plus d'une fois à aimer être là-bas. Tout y est plus facile. Tellement moins exigeant ! Mais c'est aussi un endroit terrible. Les Occidiens prétendent libérer les gens en les soumettant au règne des choses et de l'ego. Le je-suis et le je-fais se fondent dans un moi-je énorme. Quant au nous-ensemble, il n'existe plus… Leur monde est vide, Alexia ! C'est ce qui m'a le plus effrayé. Pas de dieux, juste l'argent ! Courir après l'argent et le dépenser, c'est le moyen qu'ils ont trouvé pour supporter l'absence d'horizon. J'ai des cousins à Paradise ! Cassie, que j'adore, vraiment : elle s'étourdit dans une fête perpétuelle et se noie dans la mélancolie de quelque chose qu'elle n'a jamais connu, qu'elle devine et qui lui manque. Kev, un gentil garçon qui aurait été kryptique l'année prochaine en Baïkalie : il se réfugie dans des révoltes dépourvues de sens, suscitées par l'Occidie elle-même, qui s'en nourrit ! Jigs, qui est encore un enfant : son attention est absorbée, tout le temps, par un défilé ininterrompu d'images sur un écran… Les Occidiens ont exclu de leur existence ce qui ne relève pas de l'avoir ! L'être a disparu ! » Alexia écoutait, attentive, le long monologue. Valère a besoin de dire, de raconter. « Toute l'Occidie est comme ça ou bien seulement le milieu que tu as fréquenté ? » « Je ne connais de l'Occidie que Paradise, une de ses mégapoles. Et encore, seulement la zone autour de BeauVoir ! Mais il me semble que tous les riches sont comme ça et que les pauvres tentent de leur ressembler. » Valère en hésitance. À quoi bon attendre ? Pourquoi ne pas tout révéler et se libérer ? Le moment était bon, ils étaient captifs tous les deux de la squaline, obligés de se parler, de s'écouter…

Il dit : « J'ai rencontré une Paradisienne qui est différente. Elle vit dans le système occidien mais elle n'est pas dupe. » Valère devine une tension dans la nuque d'Alexia – nuque qu'il aurait voulu caresser mais le moment était mal choisi… Voix sèche d'Alexia. « Une Paradisienne ? » « Une fille de MauLieu, un quartier de Paradise qui touche BeauVoir. À Paradise, les quartiers se déroulent en anneaux autour de BeauVoir… MauLieu, c'est le coin des mafieux, des bandes et des trafiquants. » Il se tait, le temps de profiter des prémices de l'aurore. La squaline filait dans les airs, insouciamment. « Elle s'appelle Pam. C'est l'équivalent d'une prêtresse d'Aphrodite. Elle dirige une maison qui reçoit des hommes. J'ai partagé son lit… C'était malgré moi, elle m'avait drogué ! » Alexia ne dit rien et son silence frappe Valère plus que des mots. Il continue bravement. « Quand j'ai repris le contrôle de moi-même, je te promets, je ne l'ai plus touchée ! Mais je lui ai pardonné sa fourberie. Parce qu'elle m'a aussi aidé, plus tard. » Alexia, d'une voix rauque : « Est-ce que tu l'aimes, Valère ? » Le garçon se braque, s'insurge. Proteste en sincérité. « Par les dieux ! C'est toi que j'aime, Alexia ! Mes sentiments pour Pam étaient flous sous les effets de la drogue. Cette confusion a disparu quand ils se sont dissipés. À présent c'est une amie. Une simple amie. Pas moins mais sûrement pas plus ! » Valère retient son souffle, attend l'explosion. Au moins il a parlé avec son cœur… Mais les épaules crispées d'Alexia se détendirent et c'est une voix apaisée que Valère entend dans ses écouteurs. « Les hommes sont libres d'aller honorer Aphrodite. Et les femmes de visiter Dionysos ! dit-elle. Seule Héra est jalouse, mais nous ne nous sommes pas encore rendus dans son temple. Ce qui compte, c'est les sentiments que tu éprouves… Je t'aime, Valère. Et si tu m'aimes toujours toi aussi, alors les dieux sont bons avec nous. » Valère observe en subjugance le dos parfait d'Alexia, saisi par un amour violent. La mérite-t-il, lui qui a sous le joug de l'ambre soufflé à l'oreille de Pam-délice des mots qui n'auraient dû être qu'à sa Baïkalienne ? Il se laisse aller sur le siège étroit, soulagé immensément, essayant de puiser dans sa sérénitude retrouvée le courage d'affronter le péril couvant à Nouvelle-Sparte.

7. 2

Drys était parvenue à recréer le couloir aveugle pour le retour d'Alexia – par quel acharnement, quelle maîtrise des cryptances ! La squaline, fatiguée, cliquetait de sa course dans les ciels du Monde-d'après, en relâche sur une plage proche-tout-proche de Nouvelle-Sparte. On aurait dit qu'elle s'abreuvait aux vagues du Baïkal. Valère s'était extirpé tout courbatu de l'habitacle, avait rendu le casque à son amie. Alexia l'observait, figée à côté de la squaline. Saisissante comme une déesse réincarnée. Valère dit : « Que vas-tu faire ? » « Ramener l'aéronef à Ikaros. » « Ils vont te punir. T'emprisonner. » « Sûrement. » Valère admire. « On dirait que ça ne t'effraye pas ! » Alexia haussa les épaules. « J'ai volé une squaline. Et violé deux espaces aériens ! Tout se paye. Si on ne m'emprisonnait pas, ça voudrait dire que ce que j'ai fait est insignifiant. J'espère, au contraire, que tout ça compte vraiment ! Mais c'est entre tes mains à présent. Je suis heureuse, Valère, j'ai réussi ce qui dépendait de moi. Le reste t'appartient. » Un poids écrasant s'abat sur lui. « Alors, j'adresse une prière aux dieux, dit-il. Celle de t'égaler en audace, en courage et en réussite ! » Ils se jetèrent dans les bras l'un de l'autre. Se serrèrent à se faire mal. Se séparèrent bouleversés. « Bonne chance » dit-elle. « Garde-toi. » Puis elle remonta dans la squaline et Valère tourne le dos à la plage.

Il avait eu le temps de réfléchir pendant le voyage, les silences d'horizon contemplé. Il avait d'abord pensé joindre les Assemblées mais une autre idée l'avait traversé, soufflée par Alexia-muse-intégrale. Elle s'était confiée au guide des Aigles-Soleil ? Il s'adresserait, lui, à la référente de son ordre, Thysia, la grande-prêtresse d'Athéna, une amie de son père autrefois ! Choix judicieux ou périlleux ? Il n'avait pas le temps de consulter un oracle ! Valère prend. résolument la direction de Nouvelle-Sparte et du temple de la déesse harfangienne sage et casquée. Lorsqu'il y parvient par un itinéraire détourné – Skelios et lui étaient les spécialistes des chemins traversants quand ils s'amusaient enfants –, il a imaginé cent fois ce qu'il allait dire. Et plus il envisage ces révélances, plus il a la conviction qu'il devra batailler pour être cru. « J'irai jusqu'au bout ! Je suis le seul à savoir ! » Il songe à Cassandre qui parlait vrai mais n'était pas écoutée. « Pourvu qu'Apollon n'ait pas craché dans ma bouche ! » Il se rassure en pensant à l'enregistrement de la conversance d'oncle Carl et serre contre lui le sac à dos qui ne l'avait jamais quitté dans sa fuite…

L'entrée du temple flamboyant n'était pas gardée – pourquoi l'aurait-elle été ? Non plus que le bâtiment où logeaient les prêtresses. Valère grimpe les marches, frappe à la porte. On vient lui ouvrir. « J'aimerais parler à la grande-prêtresse d'Athéna. » Une servante de la déesse posa la question rituelle : « Que lui veux-tu ? » « L'entretenir du destin de la Fédération » dit Valère. Tout aussi rituellement, pour signifier l'importance de sa démarche, guidée par le nous-ensemble et non par le je-suis, auquel une simple prêtresse pouvait répondre. Il aurait pu arguer de l'intimité de Thysia avec sa famille mais avait préféré venir en anonyme. On conduisit Valère dans des couloirs glacés jusqu'à d'austères appartements. « Attends là » dit la prêtresse. Valère s'assoit sur une chaise. La tension monte en lui. Il s'adresse en chuchotements à la fière déesse qui a toujours été sa préférée. « Athéna-très-sage… Protectrice des strigides… Sortie en armes du crâne de Zeus, toi dont le premier cri fut un cri de guerre… Guide-moi sur la voie de la prudence et de la raison… » Il entend quelqu'un qui vient, se lève de son siège, en nerfs-à-vif. Celle qui entra dans la pièce était une femme plutôt jeune pour être grande-prêtresse, longs cheveux et coiffe compliquée, port de tête altier, regard sombre et pénétrant. Elle fronça en le découvrant. « Valère ? Comment vas-tu ? Cela fait si longtemps ! Mais asseyons-nous et parlons un peu ! Comment va ta mère ? Et ta vie d'élève académien ? Tu rêves toujours des squalines ? Raconte-moi ta vie ! » Valère se racle la gorge en bredouillance, résume ses débuts à l'académie Ikaros ainsi que sa kryptie – insiste sur son accueil chez les Harfangiens. Puis il bascule, emporté, sur l'épisode de sa convoque par le Directoire, son aparté avec le Commandeur, sa mission en Occidie, la découverte d'un complot contre la Fédération ourdi par les dirigeants occidiens avec la complicité d'un traître… D'un traître qu'il accuse, lui le jeune citoyen, occidien par la moitié de son sang, d'être le Commandeur Thérion en personne… Thysia l'écouta sans l'interrompre. « As-tu une preuve de ce que tu avances ? » Valère fait oui, attrape son sac, plonge la main à l'intérieur. Trouve la carte à système ondifère d'Alexia. Le module holographique crypté de Thérion. Fronce. Fouille encore. Où donc est passé le techphone d'oncle Carl sur lequel est enregistrée… ? Le cœur de Valère s'arrête. La sueur glacée coule comme un torrent entre ses omoplates. Le techphone ! Pas dans le sac, bien sûr ! Dans une poche ! Une poche de sa veste occidienne… Il se revoit glisser l'appareil dedans, après avoir enlevé la batterie, pendant sa course folle sur les trottoirs de BeauVoir. La jolie veste laissée en Occidie, à Paradise, à MauLieu chez Pam, quand il s'était déguisé pour passer les contrôles ! Il dit : « Je… J'avais un enregistrement… Je ne l'ai plus… » Thysia secoua la tête – cliquetis des longues boucles d'oreilles d'argent et d'ambre. « C'est une histoire terrible, Valère. Elle est terrible parce qu'elle met en cause celui que nous avons désigné pour conduire les destinées baïkaliennes. Elle est terrible parce que si tu mens, Valère, et j'ai très peur que ce soit le cas, non seulement tu salis cet homme, mais tu trahis la Fédération. » Valère trouve la force d'un soubresaut. « Trahir ? Mais pourquoi je trahirais ? À qui profitent les attentats au contraire ? Thérion est en train de monter Nouvelle-Sparte contre les Assemblées ! Il veut le pouvoir pour lui seul ! » Thysia se leva, défroissa sa robe. « Tu as peut-être perdu des amis dans ces explosions, la douleur peut expliquer bien des choses. Mais pas les justifier. » Elle fit mine de quitter la pièce. Valère la retient par un pan de sa robe sacrée. « S'il vous plaît ! Il faut me croire ! Mon père... » La grande-prêtresse tourna vers lui un regard dur qui le fit taire. « Rentre chez toi, Valère. Et prie notre déesse pour qu'elle te ramène à la raison. » Elle disparut, et une servante du temple se présenta pour raccompagner Valère à la porte du bâtiment. « J'ai échoué, pense-t-il. Lamentablement échoué. » Valère fait quelques pas dans la neige, s'assoit sur les marches du temple d'Athéna, indifférent au froid, et pousse un interminable cri de rage.

7. 3

Skelios se dépêchait au milieu des colonnades qui ceinturaient le bâtiment où siégeait la commission d'enquête chargée des accusations de haute trahison. Elle se réunissait rarement ! L'événement était historique... Le garçon boitait, une main sur sa jambe raide, souvenir-douleur de la première explosion qui avait frappé Nouvelle-Sparte. Visage grave et cœur battant. Skelios avait obtenu l'autorisation de voir ses amis captifs dans l'attente du procès. Il descendit en grimaçant la volée de marches conduisant aux niveaux inférieurs : c'était l'hiver et les choses – plantes et hommes – se tenaient sous terre dans l'attente du retour du soleil. Le souffle court de hâte et d'impatience, il se présenta devant le secrétaire de la commission et donna son nom. On lui demanda d'attendre. « Drys, pensa Skelios, Valère, Alexia... Dans quel pétrin vous vous êtes fourrés ! » Il ne savait pas ce qui le blessait le plus, Skelios, savoir ses amis accusés gravissimement ou avoir été tenu à l'écart. Drys ? Piratage de Base-Phœbé et mise en danger de la Fédération par neutralisance systémique. Alexia ? Vol de squaline et intrusion dans l'espace aérien paradisien – l'Occidie ne décolérait pas. Valère ? Déstabilisation politique par délation mensongère – jeter l'opprobre sur le Commandeur ! « Je devrais être avec eux, songea Skelios. Pour quelle raison, je m'en moque ! Mais avec eux… »

Une femme surgit dans le couloir. C'était Tess, la mère de Valère. Menton relevé. Yeux gonflés mais prête à déchiqueter autour d'elle. Skelios dit : « Bonjour ! » « Bonjour, Skelios. C'est bien d'être venu. Valère va être heureux de te voir ! » « Comment vont-ils ? » « Ils ne réalisent pas la portée de leurs actes. Ils sont persuadés d'avoir agi pour le bien de la Fédération. » « Et vous ? Vous pensez quoi ? » Tess regarda gravement le garçon. « Je pense que s'ils se trompent, ils seront tous les trois condamnés à un exil définitif. Alors je préfère croire qu'ils ont raison… Je témoignerai en leur faveur le jour du procès. » Le secrétaire fit signe à Skelios d'avancer. Le garçon dit : « Moi aussi je témoignerai pour eux ! » Puis il fut invité à entrer à son tour dans la pièce.

Cette fois ils étaient là, Valère, Alexia, Drys! Drys… Le cœur de Skelios s'emballa. «Skelios!» dit Valère. Il reçut ses amis dans ses bras, manqua tomber, rit de joie, avant de les frapper tous. «Lâcheurs! Comploteurs! Et moi? Pourquoi vous ne m'avez pas demandé de l'aide pour votre plan foireux?» Drys dit: «Et qui serait venu nous voir avant le procès?» Skelios cœur-qui-fond: «Je me sens bête. Et totalement inutile.» Ils s'assirent par terre comme ils aimaient le faire avant, Alexia contre Valère, Drys et Skelios près-tout-près. Skelios: «Comment ça se présente?» Valère: «Pas très bien. Personne ne semble disposé à nous croire.» «Disons plutôt que personne ne semble disposé à croire Valère, dit Drys. Ce qui est très ennuyeux! Ce qu'on a fait avec Alexia, il n'y a pas de discussion possible, on l'a fait. Après, reste à savoir si on l'a fait pour ou contre la Fédération.» Alexia en ironie: «Oui, cette nuance change beaucoup de choses.» Valère s'assombrit. «Tout ce temps, j'étais persuadé d'avoir l'enregistrement avec moi… Quel imbécile je fais!» «Tu as vécu des moments difficiles, dit Alexia. Tu avais la tête ailleurs.» Valère dit: «Mais comment convaincre les enquêteurs sans preuve? C'est ma parole contre celle de Thérion! Au moins, les Recteurs Olbios et Mélissis ont confirmé ma mission à Paradise. Il n'aurait manqué plus que ça, qu'on m'accuse de trahison au profit de l'Occidie ! » Un silence. Skelios : « J'ai croisé ta mère dans le couloir, Valère. Elle avait l'air combative. » « Un peu trop ! dit Valère. Il a fallu que je la calme. Elle voulait convaincre Thysia, la grande-prêtresse d'Athéna, de faire pression sur les Assemblées ! Elle était même prête à aller trouver Lukos, le général léonidien, pour organiser mon évasion… J'ai obtenu qu'elle se contente de témoigner pendant le procès. » Skelios hocha la tête. « Je sais… Waouh ! quelle femme, ta mère ! » Valère fait la moue mais une moue qui dissimule de la fierté. « Bah ! dit Drys, le pire qui puisse arriver, c'est qu'on se retrouve exilés quelque part dans le Monde-d'après. » « Pour toujours, dit Valère. Sans possibilité de revoir la Baïkalie. Et avec la certitude d'être séparés… » Alexia se blottit contre lui plus fort, pas de perspective plus terrible, non, qu'importe l'endroit mais surtout pas loin de Valère ! Skelios tapa du poing sur les carreaux rouge et blanc du sol. « Il doit y avoir un moyen ! Par les dieux ! » Drys lui prit la main tendrement – Skelios bouleversé. « S'il en existe un, dit Alexia, on a trois jours pour le trouver. Après, le magistrat bouclera son enquête et le tribunal rendra son verdict sous le temple de Thémis. » Silence encore. Drys :

«Les dés sont lancés depuis longtemps. Les dieux se pencheront dessus, et voilà. Maintenant parlons d'autre chose!» Ils se rallièrent, enthousiastes, à sa proposition, et profitèrent un long moment du bonheur d'être là-ensemble, simplement. Mais quand on demanda à Skelios de partir, quand le garçon se retrouva seul de nouveau dans le péristyle, il récupéra toute sa déterminance. Son poing se serrait convulsivement. «Trois jours, songea-t-il. J'ai trois jours pour sauver mes amis!»

7. 4

Nul ne pouvait, baïkalien, mettre le pied sur l'île sacrée d'Olkhon en dehors des périodes kryptiques. Seuls vivaient à demeure quelques clans kourykanes, descendants des gardiens et gardiens eux-mêmes de l'antique lieu chamanique. Et parmi ces clans, il y avait celui de Kharan… Skelios s'était souvenu. Valère avait raconté sa kryptie après la deuxième explosion, lorsqu'ils s'étaient retrouvés tous les quatre, avec Drys et Alexia, au bord du Baïkal. Valère avait parlé du Kourykane qui l'avait aidé et de son Oursien-pourchasseur – étonnés ils avaient été, même si Drys victime aussi de violences oursiennes. Alors Skelios s'était dit que peut-être… Puisqu'il n'y avait aucun moyen de récupérer l'enregistrement techphonique resté en Occidie ! Skelios avait de l'instinct. Il n'était peut-être pas académien ni murmureur à la Base-Phœbé, mais il avait hérité de son père chasseur et marchand de peaux une intuition affûtée. Il avait médité longtemps, une fois qu'il avait quitté ses amis prisonniers. Fustigeant son impuissance d'abord, concentré ensuite de froide colère. Il était, lui, Skelios, leur dernière chance. Alors il avait réfléchi. Et quelque chose lui avait paru bizarre. Comme des pièces de puzzle éparpillées. Il avait travaillé dans sa tête à rassembler les morceaux. Et lorsqu'enfin il lui avait semblé entrevoir une piste, il avait quitté-silence la demeure familiale au cœur de la nuit, attendu-patience une navette du Ladôn qui l'avait déposé au bord du lac, près d'une cabane de chasse utilisée par son père, sorti de son abri un engin-neige équipé pour progresser sur la glace, allumé le moteur magné-ronronnant et mis le cap sur l'île d'Olkhon, glissant phares éteints sur le lac immobile…

« Je suis fou, pensa Skelios. Les Kourykanes ne sont peut-être îliens qu'à la belle saison… Et puis, voudront-ils me voir, et me parler ? Et si une patrouille néréide ou bien un nautile me surprenait ? » Son cœur battait mais pas de peur, d'excitance, Skelios ! Car s'il ne sauvait pas ses amis, au moins il partagerait leur sort, en accomplissant l'acte interdit d'Olkhon l'hiver ! Il avait le visage de Drys en impression rétinienne. Drys hantait sa vie. Depuis ces jours bénis d'Aphrodite et Dionysos, dans le refuge au bord du lac. Le souffle de Drys contre sa joue. Son corps bouillonnant contre le sien. Les mots-murmures. Drys...

Le vent soufflait du nord-est, Skelios remercia les dieux – avec celui du nord-ouest le périple aurait été bien pire. Le froid cependant était terrible et Skelios frissonnait sous les épaisses couches de sa vêture chasseresse. Sa jambe le faisait particulièrement souffrir. Il avait mal tout le temps, tous les jours, mais personne ne savait – à personne il ne disait, même pas à Drys. C'était pire quand il faisait froid. Il serra les dents, affermit sa déterminance. Bientôt enfin il aborda sur Olkhon. L'engin-neige qu'il pilotait, réservé aux chasseurs accrédités, était capable de l'emmener dans les terres. Skelios pianota sur l'écran à moitié gelé. Une carte de l'île apparut. Il repéra vite la steppe d'au-delà des forêts, soixante-dix kilomètres au nord, où Valère avait terminé sa kryptie dans le confort d'une tente kourykane. Puis l'aube surprit Skelios et dévoila les premières terres d'un paysage désolé. «Plus que deux jours, songea-t-il. Deux jours pour retrouver le Kourykane qui sauvera peut-être mes amis de l'exil!» Il actionna la commande de vitesse. Le moteur rugit et l'engin-neige bondit en avant.

7.5

La commission avait rendu ses conclusions qui n'étaient ni à charge ni en défense des jeunes Baïkaliens. Le magistrat enquêteur avait, devant les juges choisis par les Assemblées, tenté de démêler le vraisemblable de l'incroyable en fonction des éléments dont il disposait, présenté des témoignages – dont celui de Tess qui fit hocher bien des têtes – et exposé la personnalité des accusés en rappelant leur âge, un âge-de-toutes-les-folies. Valère, Alexia et Drys se tenaient dans un coin, Thérion dans un autre. Derrière eux, la foule des citoyens venus assister au procès. La salle souterraine où se déroulait l'audience était comble, elle était plus vaste que le temple au-dessus, celui de Thémis-la-devineresse, fille d'Ouranos et de Gaïa, mère des Moires, déesse de l'ordre des choses, des serments et de la justice – temple qui dépendait du grand-prêtre de Zeus. À côté de la statue de Thémis sous l'égide de laquelle siégeaient les juges, il y avait d'ailleurs celle du père des dieux, et celles des Moires parce que personne n'aurait osé mentir sous leur regard. Thémis était représentée en jeune femme à l'air grave, les yeux bandés d'impartialité, tenant d'une main la balance qui pesait et de l'autre le glaive qui tranchait.

Le moment arriva pour les parties de plaider pour elles-mêmes, et Thérion l'accusé prit la parole – une clepsydre se mit à compter son temps. Le Commandeur donna sa version de l'histoire valérienne sur un ton offensé. « Ainsi, j'aurais des ambitions personnelles, moi qui œuvre depuis des années dans l'intérêt de tous ? » Il attira des murmures favorables, rangea les rieurs de son côté. « Bientôt on me mettra sur le dos le froid de l'hiver et l'humidité des pluies de printemps ! » Puis il rappela gravement les événements qui touchaient Nouvelle-Sparte. « Être aujourd'hui accusé de trahison, c'est bien sûr décevant pour moi qui ai accordé ma confiance à ce jeune homme. Mais c'est surtout dangereux pour la Fédération, à l'heure où les menaces s'amoncellent au-dessus de nos têtes ! » Drys à l'oreille de Valère : « S'il joue la comédie, alors c'est un excellent comédien. » Valère sait qu'il ne pèse pas lourd face au Commandeur, rompu aux manœuvres et aux discours. Sa seule chance… Sa seule chance, c'était l'enregistrement que son effroyable étourderie avait laissé en Occidie ! La clepsydre acheva son cycle. « Je voudrais assurer les Baïkaliens de mon profond attachement à… » Thérion fut coupé en pleine envolée par le juge Dikastes, qui présidait la séance – regard noir du Commandeur mais indifférence des juges, le temps était le temps, identique pour tous, mesuré par Thémis elle-même.

Valère est invité à s'avancer. Il a répété des centaines de fois dans sa tête ce qu'il doit dire, mais devant les juges, avec le poids des regards rivés dans son dos, il oublie tout. Il oublie tout, Valère, il oublie le tribunal, il oublie la foule, il oublie Thérion. Il lève les yeux sur Thémis et, dans sa ferveur juvénescente, s'adresse directement à la déesse. Il dit : « Ô Thémis, je sais que la justice t'importe plus que les beaux discours ! Je sais que tu devines la sincérité derrière les habiles paroles ! Je m'en remets à toi ! » Brouhaha dans la salle, étonnement des juges – pâleur brutale du Commandeur. Valère en a appelé aux dieux eux-mêmes. Le juge-je-préside s'adressa à Valère. « Tu essayes de t'affranchir de la décision des hommes ? » « Je confie simplement mon sort aux dieux. » Les juges se consultèrent. Dikastes dit : « La séance continue ! » Puis se tournant vers Valère : « Il reste du temps dans la clepsydre. Je te conseille de bien l'utiliser. » À ce moment-là un autre vacarme monta de la salle, émaillé d'exclamations. Trois individus fendirent la foule en direction du tribunal. Valère s'exclame : « Skelios ! » C'était bien Skelios en accompagnance de deux hommes : un Kourykane – stupéfaction de Valère – et un Baïkalien entravé.

7. 6

Le tumulte grandissait dans la salle, sous le regard impavide de Thémis. Skelios dut crier pour se faire entendre. « Je parlerai en défense de Valère ! » Les juges ramenèrent le silence à grands coups de menaces. Les paroles rituelles furent échangées. « Viens-tu répandre la vérité devant Thémis et les Moires ? » dit le juge Dikastes. « Oui » dit Skelios. Sans hésitance, le cœur frénétique devant l'expression incrédule mais remplie d'espoir de Drys. Dikastes l'encouragea à poursuivre. « J'ai avec moi un homme qui sait que le Commandeur Thérion a voulu tuer Valère ! Plusieurs fois ! » Les paroles de Skelios déclenchèrent un nouveau tapage, difficile à calmer. Le Kourykane en vêture nomade s'adressa aux juges dans la langue baïkalienne. « Je m'appelle Kharan. Mon clan vit depuis toujours sur l'île d'Olkhon. » Ah ! Ce n'était pas un nomade ordinaire ! Kharan était d'Olkhon, l'endroit kryptique qu'ils avaient tous foulé, la terre sacrée kourykane ! Le silence se fit intense.

« Au cours de la dernière kryptie, dit Kharan, j'ai secouru le garçon que vous appelez Valère. Il était poursuivi par un homme. » Des murmures. Vite éteints par la curiosité. Le Kourykane continua. « Un mauvais homme ! Noir dans son cœur. Furieux d'avoir manqué sa cible. À cause de lui, un membre de mon clan a perdu la vie. » Visage catastrophé des juges : les Com-Fédérés amis, interminables problèmes diplomatiques ! Mais le Kourykane sembla lire dans leur esprit. « Nous avons rattrapé cet homme et appliqué notre loi, la loi de la steppe : nous l'avons enchaîné, privé de la liberté d'aller, afin qu'il compense par son travail la force manquante de notre frère – puisse-t-il chevaucher joyeux dans le Tengri ! » Kharan poussa en avant son prisonnier. La foule s'agita. Sous des hardes d'Oursien, l'homme portait la robe déchirée d'un prêtre ! Un prêtre du temple d'Arès !

Confusion dans la salle, que les juges interrompirent sans ménagement. Le prêtre dit : « Je m'appelle Énantios. Je devais trouver et tuer sur Olkhon le jeune kryptique du nom de Valère, fils de Maxence. » Le juge Dikastes devint aussi pâle qu'une statue d'Hadès. « Qui t'avait chargé de cette tâche ? » Énantios baissa la tête. Il ne manifestait aucune volonté d'échapper à son sort. Son visage exprimait au contraire un total renoncement – qu'avaient donc pu être ces terribles mois kourykanes ? Il dit : « Le Commandeur Thérion. » Les regards se tournèrent vers Thérion. Mais le Commandeur avait disparu dans la confusion créée par l'arrivée du Kourykane ! Skelios n'attendit pas que la foule se remette à crier. « Ce n'est pas fini ! Écoutez-le, écoutez cet homme ! » Énantios dévida ses aveux comme le fuseau la laine implacable des Moires. « J'avais déjà essayé de tuer le garçon... Avec une bombe, dans une taverne... Toujours à la demande du Commandeur Thérion. » Skelios dut hurler pour couvrir la fureur soudaine de la foule. « Oui ! dit le garçon. L'attentat de la taverne et celui du gymnase, tous les deux visaient Valère ! À l'instigation du Commandeur ! » Les juges menacèrent de partir afin d'obtenir le calme. « Si ce que tu affirmes est vrai, dit Dikastes, pourquoi le Commandeur voulait-il la mort de Valère ? » La salle entière retint son souffle. « Je n'en sais rien. » Les juges échangèrent des regards de surprise. « Tu n'en sais rien ? Tu as tué sans demander d'explications ? Obéi sans chercher à savoir ? » Énantios : « Je n'ai pas obéi au Commandeur. » Le juge Dikastes fronça. « Explique-toi ! » « Je suis prêtre d'Arès, dit Énantios. J'ai obéi à la volonté du dieu que je sers. »

7.7

Sur les gradins du théâtre d'hiver de Nouvelle-Sparte, les Assemblées se réunirent dans une effroyable urgence. Il y avait les Dignitaires, grands-prêtres des douze grands dieux fédérés. Le Directoire au complet. Les représentants des citoyens de Nouvelle-Sparte. Les Anciens enfin. Le théâtre souterrain bruissait de conversures. Chacun atterré, gérant à sa manière l'inconcevable : rage, colère rentrée, désespoir bruyant ou silencieux… Le Commandeur impliqué dans les carnages-que-j'explose ! Soupçonné de volonté d'assassinance sur un jeune citoyen ! C'était un bouleversement sans précédent… Du jamais-vu dans l'histoire de la Fédération… La voix du Recteur Olbios domina le brouhaha. « Est-ce que quelqu'un sait où est Thérion ? » Un citoyen assemblaire du nom de Murmex dut hurler pour se faire entendre. « Les patrouilles n'ont rien trouvé du côté du lac ! » C'est un autre, pianotant frénétiquement sur sa microtablette, qui livra l'information. « Un appareil a décollé sans autorisation de l'aéroport ! » Le tumulte monta d'un cran. Le Commandeur Thérion s'était enfui ! Les événements, s'éclaircissant d'eux-mêmes, livraient leur verdict : Thérion avait scellé sa culpabilité. Olbios tapa du poing sur la pierre. « Il faut que la Base-Phœbé suive sa trajectoire, dit-il, qu'on sache où le traître est allé ! » Un Ancien réclama la parole. Il s'appelait Kédros et c'était le plus sage. Il dit : « Où est le grand-prêtre d'Arès ? » Les Dignitaires semblèrent soudain frappés par l'évidence : Agon n'était pas parmi eux.

Au même moment, Valère, Drys et Alexia arpentaient les rues hautes néospartiates, répondant à un terrible besoin de grand air, même glacé. Dans le tumulte indescriptible qui avait suivi les révélances d'Énantios, les juges avaient immédiatement libéré les jeunes gens et ils marchaient à présent, hébétés presque, sans y croire, aux côtés de Skelios. Ils étaient libres ! Sans mots, le silence en sillage. Goûtant la fin de l'épreuve sous le ciel baïkalien… Soudain Valère voit le Kourykane se hâtant en surface lui aussi, dans la direction du lac. « Kharan ! » Valère crie, le nomade se retourna. « Valère ! »

Valère est près de lui, son ami, son sauveur providentiel à Olkhon et maintenant ici. Valère dit : « Merci infiniment. Sans toi, sans ton témoin, nous étions condamnés à l'exil. Grâces soient rendues à Doloon ! » Kharan accepta l'hommage mais secoua la tête. « Ce n'est pas moi qu'il faut remercier, c'est ton ami boiteux, dit-il. C'est lui qui m'a trouvé, c'est lui qui m'a convaincu de venir à Nouvelle-Sparte et d'emmener le mauvais homme. » Puis il prit congé parce que longue la route, avec force saluances, laissant Skelios rosi-rougissant, main dans la main avec Drys-regard-amoureux.

« Je ne pouvais pas rester sans rien faire ! » dit Skelios. Alexia l'embrassa sur la joue. Drys : « Eh ! c'est le mien celui-là ! » « Merci, Skelios » dit Alexia. Valère étreint le garçon qui ne sait comment accueillir un tel débordement. Ce fut Alexia la plus curieuse. « Mais comment ? Comment tu as su pour le Kourykane ? » Skelios triompha modestement. « Je me suis rappelé le récit de Valère, dit-il, quand on était dans la cabane au bord du lac, après le deuxième attentat : la traque, le coup de feu, la balle qui faillit le tuer. J'ai pensé que ça faisait beaucoup de coïncidences ! Réfléchissez : une bombe qui explose dans la taverne qu'on venait seulement de quitter… » Drys serra fort la main de Skelios-jambe-morte. Il continua. « L'épisode d'Olkhon, donc. Et puis une deuxième explosion, au gymnase, alors que Valère aurait dû se trouver dans les vestiaires ! Si on ajoute à ces trois événements l'insistance du Commandeur pour que Valère accepte la mission à Paradise, l'enregistrement perdu de l'oncle Carl mettant en cause un complice baïkalien et la milice occidienne débarquant juste après une conversance avec Thérion… » Valère dit : « Tu as pensé que mon sauveur kourykane pouvait, s'il avait mis la main sur le faux Oursien, apporter une preuve accablant le Commandeur. Bravo, Skelios, c'est remarquable ! » Drys renchérit avec fougue. « Thémis n'a pas voulu qu'une injustice soit commise. Tu as été son merveilleux instrument ! » Skelios se gorgea des compliments. Puis ils virent passer les premiers groupes. Valère va aux nouvelles. Un citoyen lui répondit, mi-furieux mi-troublé : « Thérion a quitté la Fédération. Et le grand-prêtre Agon est introuvable. » Alexia dit : « Où vont tous ces gens ? » « Au temple d'Arès ! » Les jeunes gens se regardèrent. Drys : « On y va nous aussi ? » « C'est parti » dit Skelios. Ils se mêlèrent au nombre grandissant des citoyens anxieux.

7. 8

Dignitaires, Anciens, citoyens assemblaires et Recteurs, dans le froid-vif-brouillard-piquant, tous blottis dans d'épais manteaux de fourrure et de feutre, furent happés à leur tour par le flot de Baïkaliens qui envahissaient les artères de la ville-surface en direction du temple d'Arès, car la rumeur avait couru : Thérion était parti ! Et Agon avait disparu ! Agon, serviteur d'Arès, hiérarque du prêtre poseur de bombes… La foule se figea devant le parvis du temple. « Regardez ! dit Skelios. Le temple ! Il est barricadé ! » Des canons de fusil pointaient par les fenêtres. L'édifice sacré était en état de siège. Les citoyens autour de Valère criaient au sacrilège, au scandale, s'arrachaient les cheveux ! Mais, dans cette tourmente des émotions, c'était surtout la peur qui pointait. Car un dieu défiait aujourd'hui l'ordre du monde baïkalien !

Un homme apparut, drapé dans sa vêture de prêtre. « Agon ! dit Alexia. C'est Agon ! » Le grand-prêtre toisait les Néo-Spartiates du haut des escaliers. « Quel spectacle ! Une foule vibrant de mille émotions futiles, voilà ce qu'est devenu le peuple de Baïkalie ! Un peuple brillant entre tous, façonné par l'adversité, transformé en agrégat de caractères médiocres… » Grondement de colère des Fédérés. « Il ne manque pas de culot ! » dit Drys. Le visage creusé de rides d'Agon s'illumina brusquement et sa voix prit des accents de tribun. « Néo-Spartiates mes frères ! Mes enfants ! Avec nos squalines-tempête, nos satellites-tonnerre et nos guerriers-foudre, nous pourrions refonder le Monde-d'après ! Porter la guerre aux quatre coins de la terre ! Partir en conquérance ! Offrir à nos dieux un espace à leur mesure ! » Il fut coupé dans son envolée par le rugissement de la grande-prêtresse d'Héra. « Folie ! Je reconnais bien la personnalité sans nuances du dieu que tu sers, Agon-grands-discours ! Que ferions-nous d'un monde trop vaste et trop peuplé, où les dieux ne pourraient plus murmurer à l'oreille de chacun mais devraient hurler à la cantonade ? » Agon ricana grossièrement. « C'est le destin des mères de toujours voir leur fils comme un enfant, dit-il. Arès n'est plus dans les jupes d'Héra depuis longtemps ! Il sait faire ses propres choix ! » La grande-prêtresse d'Artémis donna de la voix à son tour. « Puisqu'on parle d'enfants ! Évoquons ceux d'Arès ! Des fous et des criminels : Déimos-la-terreur, Phobos-l'effroi, Diomède-l'anthropophage ! » Le grand-prêtre de Poséidon tenta de ramener le calme. « Arès a également enfanté Harmonia-la-rassembleuse... Plaçons-nous sous son égide et tâchons de trouver une solution ! » Agon se mit à hurler. « Il n'y a qu'une solution : la guerre ! Nous devons tout à la guerre ! La Fédération ! Le retour des dieux ! » La grande-prêtresse d'Artémis hurla elle aussi. « Voyez ! Agon-le-fou ! Qui cherche à nous entraîner dans ses chimères ! » La situation était bloquée et Agon près-tout-près de faire signe à ses prêtres embusqués aux fenêtres. Les citoyens étaient choqués pour la plupart, d'accord avec Agon pour quelques autres.

Valère secoue la tête. « J'ai mon compte des beaux parleurs ! La guerre ? Et après ? Nous ne sommes pas hostiles à la guerre quand elle est nécessaire. On peut même dire que nous aimons nous battre ! Agon sait très bien que la Fédération est courageuse. Mais maintenant, est-ce qu'il s'agit de courage ou de folie ? » Alexia dit : « Rappelez-vous le roi Léonidas, aux Thermopyles ! Ce n'est pas lui qui a voulu la bataille. Les trois cents Spartiates ont affronté une gigantesque armée pour faire leur devoir et défendre leur cité. Quant aux Perses de Xerxès, ils ont payé leur arrogance d'une défaite capitale. Agon aujourd'hui est comme Xerxès, pas comme Léonidas ! » Skelios, mâchoires contractées : « Il cherche à diviser les Baïkaliens ! La sœur d'Arès, c'est Éris-la-discorde ! » Drys se tordait les mains. « Il faut absolument mettre un terme à ce chaos ! » Valère cherche alors des yeux la seule personne capable de dénouer le drame. Il n'est pas le seul : les Dignitaires, les Anciens, les Recteurs, les citoyens et leurs représentants, tous se tournèrent vers celle qui n'avait encore rien dit : Thysia, la grande-prêtresse d'Athéna.

7.9

«Car Arès est le dieu par excellence de la guerre, l'esprit de la bataille qui se réjouit du carnage et du sang ! Mais qui se soucie fort peu de la justice... C'est pour cela qu'Athéna existe : pour contenir les excès d'Arès grâce à sa courageuse sagesse. Le cosmos a voulu que les choses aillent par deux : ainsi, Arès n'a pas de sens sans Athéna. De la même manière qu'au-dessus du je-suis et du je-fais baïkaliens il y a le nous-ensemble, la destinée commune, au-dessus d'Arès et d'Athéna il y a le nécessaire ordre du monde... Cette cohabitation des contraires est le fondement même de l'existence. Et quand l'*hubris* devient dévastatrice, quand l'excès de prétention, de force, de non-contrôle de soi s'érige en règle, alors le désastre n'est pas loin... Rappelons-nous ce conseil donné par Pélée à Achille dans notre chère *Iliade* : "*Mon fils, Athéna et Héra te donneront la force si elles le veulent, mais toi, contiens ta vio-*

lence dans ta poitrine ; la bienveillance est préférable ; et garde-toi de la discorde, mauvaise conseillère, afin que les jeunes et les vieux t'estiment davantage..." Agon avait oublié les sages enseignements d'Homère. Heureusement qu'il avait face à lui la grande-prêtresse d'Athéna, Thysia-qui-ne-tremble-pas... » Ainsi débuterait sur l'Agora, dès le lendemain, le discours du philosophe Goas, commentant de sa voix profonde devant une foule immense les événements du temple d'Arès.

Mais l'heure était encore, à ce moment, à la confrontation, et Thysia ne se déroba pas à l'attente des Fédérés, à l'intense espoir qu'elle suscitait. La grande-prêtresse d'Athéna s'avança jusqu'au pied des marches et interpella le grand-prêtre d'Arès. « Rappelle-toi, Agon, la leçon de l'*Iliade* ! Quand Arès se jette sur Athéna, lance de bronze à la main, injures aux lèvres. Athéna saisit une pierre rugueuse et en frappe le dieu ardent ! Il tombe dans la plaine noire, les cheveux souillés de poussière. La déesse a ces mots alors : *"Tel est le sort de tous ceux qui combattent avec impudence ! Ils affronteront ma fureur !"* » Murmure bruissant d'acquiescement aux propos de Thysia – Agon en pâleur. Elle continua de parler en gravissant les marches. « Rappelle-toi,

Agon, quand blessé par Diomède – un mortel – et par Héraclès – un simple demi-dieu –, Arès s'enfuit vers l'Olympe tel un enfant pleurnichard pour chercher la protection de Zeus son père ! » Elle était à mi-chemin des portes du temple. Agon recula, le regard fou. Thysia parla encore. Sa voix enflait comme le vent du nord-ouest sur le lac mère. « Arès ! Coléreux et jaloux, qui se moque trop souvent du destin ! Arès ! Enfermé pendant treize mois dans un pot de bronze sans en tirer leçon ! Arès ! Qui chaque fois s'élance au combat emporté par une folie belliqueuse, les yeux égarés, avide de sang et de carnage, insatiable dans sa fureur, ne reconnaissant d'autre loi que celle de la guerre ! »

Thysia parvint à la hauteur du grand-prêtre. Elle le foudroya longuement du regard – il ne baissa pas les yeux. Puis le poing de la grande-prêtresse jaillit et vint frapper Agon au visage, si violemment qu'il tituba et s'effondra, en inconscience. Au même moment, comme s'il s'agissait d'un signal, les guerriers-foudre qui avaient silencieusement investi l'intérieur du temple pendant le discours de Thysia, menés par le général Lukos en personne, donnèrent l'assaut contre les prêtres d'Arès.

ÉPILOGUES

ÉTREINDRE LES OMBRES

Valère avait choisi la même taverne. La taverne partie en fumée sous les pluies d'automne, relevée de ses cendres dans les brumes du printemps. Ainsi allait le monde, vie et mort entrelacées, danse joyeuse et macabre sous le regard indifférent des astres et la présence insondable des dieux. Valère murmure à son reflet dans la vitre un poème de l'aède Palladas. « *Nous naissons tous chaque matin dans l'aube grise… Survivant à hier et au passé défunt…* » Plusieurs semaines s'étaient écoulées depuis son retour mouvementé dans la Fédération. Plusieurs mois depuis la fin de sa kryptie. Des éternités au regard de sa courte vie. Il n'était plus le même, Valère. Transformé. Chenille de sang et de neige, cocon d'ambre et d'amer brouillard, papillon de métal. Grandi-mûri… Il avait renoué avec les caresses d'Alexia-merveilleuse, ne se lassait pas de la regarder-si-belle, de s'étonner si souvent de sa fulgurance d'âme et de l'amour qu'elle avait. Pour lui. L'académie Ikaros, qui aurait pu rejeter Alexia pour son coup d'audace formidable – dérober une squaline ! lui faire mordre le ciel ! –, l'avait au contraire récompensée et elle avait mangé trois années en une. C'était aussi l'esprit de la Fédération, récompenser l'intrépidité gagnante ! Valère, lui, ne portait plus l'uniforme académien. Jamais il n'emmènerait de squaline dans les pâtures nuageuses. Jamais il ne prononcerait le serment des pilotes. Les circonstances – les dieux – avaient infléchi sa trajecture… Les Assemblées lui avaient proposé d'intégrer l'Institut Lycurgue. Creuset des édiles, futurs Ambassadeurs, prochains Recteurs. Il avait refusé. D'abord. Puis il avait accepté. Ensuite. Parce qu'Alexia. Elle avait dit : « Tu feras un bon Commandeur. La Fédération a assez de squaliniens ! Elle manque de bons pilotes… » Par amour elle croyait en lui – l'amour comme exigence du meilleur de l'autre ! Valère était devenu lycurguien et portait la toge rouge et blanc des étudiants assemblaires. Dans la vitre encore qui renvoie son image nouvelle, il prononce en un souffle les mots que les pilotes de squaline disent à ceux qu'ils aiment avant de partir à la guerre. « *Je t'aime, car tu ne diras rien câlin-câline… Quand je monterai dans ma squaline…*

Et parce que tu ne verseras pas de pleurs… Si dans le ciel d'azur je meurs… » Puis Valère s'abîme dans de profondes rêveries.

« Valère ? Tu t'es mis dans le coin le plus reculé de la taverne ! » dit Olbios. En s'asseyant en face du garçon et en commandant une bière épaisse. « Vous êtes en retard » dit Valère. « C'est vrai, je suis désolé. Mais je ne viens pas les mains vides. » Regard gourmand-moqueur d'Olbios. Valère se crispe. « Est-ce qu'Agon a parlé ? » Le Recteur hocha la tête mais ne répondit pas : le patron avait apporté la commande. Il but une longue gorgée. « Alors ? » Sans impatience Valère mais avide de savoir. « Agon avait conclu un pacte avec Thérion, dit Olbios. Grâce à son aide, le Commandeur obtenait les pleins pouvoirs et décrétait la guerre que le grand-prêtre d'Arès voulait tant… » Valère continue à sa place. « D'où les attentats. Pour le chaos et la peur. » Le Recteur fronça. Valère déroule, son esprit tourne à bloc. « Pour contrôler les Baïkaliens, il fallait les plonger dans le chaos, dans la panique. Le cerveau-reptilien-qui-réagit l'emporte toujours sur le néocortex-qui-analyse. Contrôler, c'est empêcher de réfléchir. On pense souvent que le chaos menace le pouvoir. Ce n'est pas vrai. Plus un homme est paniqué plus il est manipulable. Quelques bombes de plus et Thérion aurait pu se faire confier les pleins pouvoirs.» Olbios était impressionné. «Je vois que tu ne perds pas ton temps à l'Institut!» Valère se racle la gorge. «L'Institut, c'est tout sauf le chaos.» Le Recteur sourit. «Le chaos, Agon aura le temps d'en profiter pendant son exil dans la steppe kourykane! Lui et les prêtres compromis dans le complot!» Valère hoche la tête. «J'espère que son successeur ne tombera pas dans les mêmes folies.» Olbios balaya l'objection. «Bah! Arès reste Arès. Tu le sais bien, tous les dieux ont leur raison d'être et, puisque la guerre existe, Arès doit exister également! L'important, c'est qu'Athéna soit toujours là elle aussi.» Valère fronce. «Dans cette affaire, je ne comprends pas l'intérêt pour l'Occidie d'aider Thérion. La Fédération aurait sûrement commencé sa guerre contre elle.» Olbios manifesta son ignorance. «Peut-être y avait-il des accords entre les puissants d'Occidie et Thérion? Ou bien Thérion ne leur avait pas révélé la nature de son pacte avec Agon? Qui sait à présent, à part les dieux!» Valère reste pensif un moment. «Tout ramène à Thérion, dit-il. Le vrai pouvoir, c'était bien lui qui le possédait. Agon pouvait toujours gagner la partie, le maître à la fin, c'est celui qui a défini les règles du jeu.» Olbios fixa Valère. «Je ne sais pas si je dois être impressionné ou effrayé. » Il termina son verre. « Bien. Je te laisse, nous avons beaucoup de choses à faire pour le bien de la Fédération. » Valère le retient encore. « Et… mon père ? Cette information darislamienne, au sujet de l'attentat qui… » Olbios soupira. « Nous n'avons rien pour l'instant, mon garçon. Thérion a-t-il commandité le meurtre de ton père et pourquoi ? Ça reste un mystère. Je suis désolé. » Pas autant que Valère mais le Recteur n'y pouvait rien. Valère consulte sa microtablette : il doit y aller lui aussi. Tess l'attend pour dîner.

« Eh bien ! C'est chez les Lycurguiens qu'on apprend à faire ça ? » Tess était penchée au-dessus de la poêle dans laquelle Valère joue à faire-que-je-reviens une fricassée de langue de cerf et de galettes de sarrasin aux cèpes. « C'est Skelios. Une recette familiale. » Valère reste concentré sur la dorure des morceaux, attentif aux froissements des épices. Il dit : « Assieds-toi, j'en ai pour une minute maintenant. » Tess s'assit devant la table décorée joliment par Valère encore, de beaux couverts, une bougie couleur d'azur sur le chandelier de terre cuite. Deux verres à pied, inhabituels – très – en Baïkalie. Le cœur de Tess battait. Elle se força au calme. Jamais Valère ne lui avait fait une surprise pareille ! Elle goûtait ce moment. Dans la belle robe crème et sanguine qu'il l'avait forcée à mettre… « Et voilà ! » dit Valère. Il sert dans les assiettes la viande dorée à point et les galettes fondantes-croustillantes – arômes puissants et délicieux. S'empare d'une bouteille de vin cachée dans une niche. Tess poussa un cri de surprise joyeuse. « Du vin ! Mais comment ? » Elle regarda la bouteille, fronça. « Il est darislamien. » Valère : « C'est un cadeau. Mon ami Hilal qui l'a fait passer pour moi, par l'ambassade du Darislam. » Tess ne répondit rien, ce n'était pas le moment, il ne fallait pas briser la magie – et quelle magie ! Valère remplit les verres. Puis craque une allumette et allume la bougie. « Au retour du printemps ! » « Le soleil revient ! » dit Tess. Ils levèrent et choquèrent leurs verres. Puis Valère regarde sa mère. Il la trouve si royale, si rayonnante ! Son cœur déborde de fierté pour elle. Il dit : « Je te remercie d'avoir toujours été là. Je te remercie d'être toi, maman… » C'était trop pour Tess. L'émotion en débordement, les larmes roulèrent sur ses joues – de joie, de joie… Elle ouvrit ses bras et Valère tombe dedans. « Mon fils, dit Tess. Mon fils. »

ARMÉ DU FER TRANCHANT

L'ancien Commandeur Thérion était assis dans un fauteuil du vaste bureau de Carl, Carl-oncle-de-Valère, Carl-un-des-Cent, des Cent puissants de Paradise... Carl parlait à Thérion penché au-dessus d'un verre de whysk plein de jolis reflets. « Tout est organisé. Dans quelques jours vous embarquerez dans un aéronef diplomatique pour Corazon et commencerez votre nouvelle vie. Une villa sécurisée au bord de la mer... Vous ne manquerez de rien ! » Thérion se renfrogna. « J'espère bien ! J'ai ramené assez de pierres-bleues pour ça. » Carl, indifférent à la grogne du Baïkalien : « Allons ! Un homme comme vous saura rebondir. À Corazon surtout. Les trafics y sont nombreux. » Thérion haussa les épaules. « J'étais à deux doigts de réussir, dit-il, deux doigts ! Si ce Valère, qu'Arès le maudisse, ne s'en était pas mêlé ! » Carl opina. « Il faut avouer que mon neveu a fait preuve de ressources exceptionnelles. » Thérion fronça. « On dirait que ça vous amuse ! » « J'ai beaucoup investi dans le renversement de Nouvelle-Sparte, dit Carl. Cet échec me touche également. Mais je me réjouis, il est vrai, de découvrir un individu de valeur dans la famille ! » Thérion ricana. « J'aurais dû m'en tenir à mon plan : éliminer ce garçon par tous les moyens ! » Carl sourit avec condescendance. « Encore votre prédiction ? » « Ne vous moquez pas des oracles, Carl. » Celui-ci haussa un sourcil. « Ici aussi nous avons des devins, dit le Paradisien, des cartomanciens et autres charlatans ! » Thérion, fixant son hôte en faisant tourner le verre dans sa main : « Vous confondez tout. Dans le temple d'Apollon, il existe une prêtresse très spéciale… Il arrive que le dieu parle par sa bouche. Mais il n'énonce aucune vérité : il annonce seulement ce qui peut être. » Carl hocha la tête. La conversance l'ennuyait. « C'est cette femme qui vous a demandé d'éliminer Maxence et puis Valère ? » Thérion soupira. « L'oracle ne m'a rien demandé. Elle m'a dit que Maxence deviendrait Commandeur. Alors j'ai organisé un attentat, j'ai collé ça sur le dos des Darislamiens et je suis devenu Commandeur à sa place. » Carl triompha. « L'oracle s'était donc trompé ! » Thérion s'énerva. « Le futur n'est écrit nulle part ! J'ai agi. J'ai imposé une nouvelle trajectoire au devenir. » Carl soupira. « Ces Baïkaliens philosophisent à propos de n'importe quoi ! Valère était pareil. » Thérion continua. Le whysk tournoyait dans son verre. « L'oracle m'a fait une deuxième prédiction : le fils de Maxence provoquerait ma chute. Alors j'ai voulu l'éliminer lui aussi. Trois tentatives, trois échecs. Et puis vous êtes intervenu. Vous vouliez Valère vivant ! L'obliger à l'exil définitif. Vous venger de votre sœur Tess en lui prenant son fils unique… » Carl le foudroya. « C'est en partie vrai. En partie. Je cherchais quelqu'un digne de moi. Je l'aurais formé à ma succession. Avec le temps, je serais parvenu à lui faire aimer l'Occidie. » Thérion vida son verre d'un trait. « Suppositions ! Rien ne s'est passé comme prévu. Les dieux n'ont pas voulu… »

Une voix puissante résonna tout à coup dans la pièce ultrasécurit. Thérion lâcha son verre qui éclata par terre en mille brisures. Carl resta interdit. « Tu as raison, Thérion, fit la voix. Les dieux n'ont pas voulu. » Le général Lukos sortit d'un recoin d'ombre comme on surgit du néant. « Qui êtes-vous ? Comment êtes-vous entré ? » Carl tentait de reprendre la main. Thérion était pâle comme un mort. « C'est Lukos, dit-il. Un guerrier-foudre… » Au mot de « guerrier-foudre », Carl blêmit – la réputation, les légendes folles qui couraient ! Lukos dit : « Peu importe comment. C'est le pourquoi qui est important. Le pour qui. » Il tourna vers Thérion sa haute stature sanglée dans une tenue de combat, son regard de loup et le pistolet qu'il tenait à la main. L'ancien Commandeur fixa l'arme. Il dit : « Tu es venu me tuer ? » Lukos hocha la tête. « Vous allez me tuer moi aussi ? dit Carl. Je vous préviens, je... » Un regard de Lukos le fit taire. « Je suis ici pour tuer le traître et pour livrer un message. Pas forcément dans cet ordre. » Il fit durer. Puis il dit : « Mon message : ne vous avisez plus jamais de vous mêler des affaires de la Fédération. Dans le cas contraire, les Cent de Paradise recevraient la visite impromptue et définitive d'hommes dans mon genre. Est-ce que c'est clair ? » Carl, en bouillonnance intérieure, soutint le regard du général. Il acquiesça néanmoins. Lukos reporta son attention sur Thérion. « Tu ne m'offriras pas une mort par ta lame ? » « Tu ne le mérites pas » dit Lukos. En pointant son arme sur la poitrine de l'ancien Commandeur. Il y eut deux détonations étouffées. Carl resta très calme. « Vous emportez le corps avec vous ? Ici, il sera enterré dans la fosse commune. » La voix de Lukos résonna de nouveau comme celle d'un fantôme, tandis qu'il disparaissait dans l'ombre qui l'avait vu naître. « Un poète du Monde-d'avant aurait fait cette réponse : *"Qu'importe après la mort, pour y étendre un homme, le royal catafalque et ses tapis superbes ? Couchés dans la broussaille et dans les maigres herbes, les morts sur le sol dur font un aussi bon somme..."* Priez vos dieux, quels qu'ils soient, de ne jamais me revoir ! »

Hilal sursauta en voyant apparaître, dans le salon où il était plongé en lecture, la silhouette vêtue de noir du général baïkalien. « Comment faites-vous pour surgir comme ça de nulle part ? » « Beaucoup d'entraînement. » « Vous auriez dû m'avertir, je serais venu vous chercher. Mes vigiles auraient pu vous tirer dessus ! » Lukos rit à demi. « Je ne crois pas. » Hilal posa son livre – une anthologie de la poésie kashgarie. « Tout s'est passé comme vous l'imaginiez ? » « Je n'imagine rien. Je planifie. J'exécute. » Nuance lugubre sur les derniers mots. Hilal déglutit malgré lui. « Vous souhaitez boire ou manger ? » Lukos secoua la tête. « Je vais regagner les airs. » « Comme vous voudrez. » Hilal se dirigea vers l'ascenseur, suivi par Lukos. Sur la terrasse de la tour, attendant sagement le retour du général, une squaline et son pilote sanglé dans sa combinaison en cuir de loup et peau de phoque gris. Hilal dit : « Je lui ai proposé de venir se rafraîchir en bas mais il n'a rien voulu savoir. » « Il est en mission, dit Lukos. Comme moi. » Puis le guerrier-foudre toisa le jeune Darislamien qui dut lutter pour ne pas se recroqueviller sous le poids du regard-acier. « Merci pour ton aide, Hilal. Les Baïkaliens ont de la mémoire. Si tu as besoin de nous un jour, nous ne faillirons pas. » Hilal remercia-serra-la-main du général. « N'oubliez pas de transmettre mes bonnes pensées à Valère ! » Lukos sortit un papier soigneusement plié de l'une de ses poches. « À propos d'oublier... Il m'aurait tué si je ne t'avais pas donné ça ! » Puis le général grimpa dans l'aéronef. Le pilote réveilla la squaline qui bondit aussitôt vers le ciel. « Je suis en train de transformer le sommet de ma tour en aéroport pour appareils baïkaliens » songea Hilal. Amusé. Tout en dépliant le papier remis par le farouche général. C'était une lettre de Valère. Elle contenait quelques mots en darislamien, tracés avec application. « Un jour nous viendrons te voir avec Alexia dans ton désert et tu nous feras aimer le sable et la fournaise ! » Une boule naquit dans sa gorge. Son ami lui manquait terriblement.

LE CHANT DU BOUC

Le philosophe Goas marchait de son pas d'ours sur la place bordée d'arbres où se dressaient d'un côté le temple de Dionysos et de l'autre celui d'Apollon. Il se dirigeait vers le théâtre, tranquillement, profitant d'une des premières journées de printemps. Goas était entouré par les étudiants de l'Institut Lycurgue. « Dans le vieux Monde-d'avant, dit Goas, Apollon partait au nord au début de l'automne et revenait au début du printemps, laissant sa place à Dionysos pendant la période hivernale. Or la Baïkalie du Monde-d'après se trouve au nord : où s'en va Apollon ? » Un étudiant appelé Ornis répondit. « Il y a toujours un nord plus au nord. » « C'est exact ! dit Goas. En fait, savoir où va Apollon n'est pas important. Ce qui est important, c'est qu'il s'absente et qu'il revienne. Ce qui compte, et je vais vous choquer, mes enfants, ce ne sont pas les dieux eux-mêmes mais les deux pôles de l'existence qu'ils représentent. Ce qui compte, c'est tout ce qui unit Apollon-certain et Dionysos-incertain. » Le philosophe laissa ses paroles en cheminance dans l'esprit des jeunes gens. Valère intervient comme il a l'habitude de le faire depuis son retour en Baïkalie, en résumance laconique. « En gros, ce qui dépend de nous et ce qui ne dépend pas de nous. » Goas dit : « Mais qu'est-ce qui dépend de nous, de notre je-suis ou de notre je-fais ? Chacun doit éprouver plus que chercher à savoir. » Une fille du nom de Paralia fronça. « Vous pourriez être plus clair ? » Goas : « Je vais essayer mais je ne te promets rien : je suis philosophe ! » Des rires. Le philosophe continua. « Vous connaissez la réponse qu'Ulysse fit au Cyclope Polyphème dans l'*Odyssée* : "*Personne est mon nom.*" Il ne cherchait pas à mentir sur son identité, ni même à dire qu'il n'était rien au sens du néant, mais simplement qu'il n'était encore personne au regard de son propre devenir. Ulysse se projetait dans une existence imprécise, en mouvement, liée à d'autres existences, trouvant ses repères dans le pluriel de sa vie voyageuse, ses compagnons marins, Ithaque à rejoindre, des tempêtes à affronter, le souvenir de Troie, et tant d'autres choses encore ! Rien de cela ne relève d'un savoir. Les dieux, encore et toujours, mettent à l'épreuve de soi. L'expérience est lente, progressive, remplie d'échecs mais aussi d'illuminations. » Les étudiants restèrent silencieux. Goas dit : « Nous en reparlerons demain. Il est temps d'aller au théâtre ! »

Ils s'installèrent sur les gradins. Goas sortit de sa besace un coussin pour atténuer la dureté mordante de la pierre. Depuis une semaine on jouait *Antigone* à Nouvelle-Sparte pour célébrer les Dionysies. Les Lycurguiens connaissaient tous la pièce, aussi tous prêtèrent-ils attention aux commentaires de Goas ponctuant la longue représentation. « Ornis, dit le philosophe, rafraîchis-nous la mémoire : que signifie "tragédie" ? » Ornis dit : « Le chant du bouc, une complainte chantée à l'origine durant le sacrifice d'un bouc en l'honneur de Dionysos. » « Bravo. Paralia, pourquoi un bouc ? » « Une manière de rappeler l'enfance du dieu métamorphosé en chevreau, quand il tétait la chèvre Amalthée ? » « Nous avons une promotion brillante cette année ! Valère, dis-nous un peu ce que signifie le mot "théâtre". » « Qui sert à contempler. » « Alors contemplons ! » dit le philosophe. Ils se turent pour suivre le déroulement de l'acte. Mais Goas reprit vite la parole. « Chez Sophocle, peu de dieux, beaucoup d'oracles ! Des prévisions obscures, qui révèlent surtout le caractère de celui qui prétend les comprendre. Le monde de Sophocle est le même que le nôtre : les dieux ne savent pas tout ! Invoquer un dieu, c'est d'abord prendre conseil auprès de soi-même. L'oracle n'est pas une vérité divine, c'est une occasion humaine de réfléchir. » Nouvelle séquence théâtrale. Intervention du chœur, inquiétudes, interrogations collectives, tremblements, conseils de prudence… La pièce se termina. « La mort triomphe ! » dit Goas. Ornis fronça. « Qui a raison finalement ? Antigone qui prétend obéir à des lois anciennes en offrant une sépulture à son traître de frère, ou son oncle Créon qui cherche à préserver la cohérence de sa cité en l'en empêchant ? » « Excellente question, dit le philosophe. Quelqu'un veut lui répondre ? » Valère : « Ni l'un ni l'autre. Puisque le monde ne fonctionne pas selon un principe de vérité. » Goas fit mine d'applaudir. « Ni l'un ni l'autre en effet. C'est la raison même de la tragédie ! Créon et Antigone ont chacun leur logique, chacune justifiée. Le même entêtement aussi. La cité n'a d'autre équilibre que l'action des hommes qui y vivent, avec leurs usages, leurs contradictions, leurs malheurs mais aussi leurs bonheurs, leurs réussites bienfaisantes autant que leurs échecs répétés… Notre monde est un monde risqué, sans avenir assuré et pourtant grisant. Seule compte notre attitude face à la mort, face à notre propre existence et face à la cité. » Le philosophe et ses étudiants sortirent du théâtre en palabrant puis se séparèrent avec force saluances. Goas se dirigea vers la taverne la plus proche, où son arrivée fut fêtée par des acclamations. Les Lycurguiens restèrent sur place pour profiter de la douceur du soir. Valère, lui, ne s'attarde pas : Alexia. Alexia l'attend.

Alexia. Valère se coule dans ses bras. Elle, assise au sommet du rocher surplombant le lac d'un côté et la ville de l'autre. Lui, nuque à l'abandon contre son amie. Tous les deux regardant les mêmes choses. Le soir venait, s'annonçait par de jolies couleurs en barbouillage d'horizon. Il expire longuement. « Tout va bien, Valère ? » « Les attentats ont cessé… Thérion a payé pour sa traîtrise et Agon découvre l'âpreté de la steppe kourykane… Tu as été réintégrée dans les rangs académiens, Drys promue dans sa Base-Phœbé et j'ai rejoint les bancs de l'Institut Lycurgue, où je me sens parfaitement à ma place… Ma mère et moi passons de beaux moments ensemble… Hilal arrive à me transmettre des lettres par son ambassade et j'ai choisi d'apprendre le darislamien dans mon cursus… La Fédération est bien partie pour sortir renforcée de ses épreuves… Alors oui, Alexia, tout va bien ! » Elle fronça. « Pourtant tu soupires ! » « Mais de bonheur ! Celui d'être contre toi, de sentir tes bras autour de mon cou ! » Alexia caressa la joue de Valère. Elle dit : « C'est d'accord pour l'escapade dans le Khamar-Daban, la semaine prochaine ? Drys et Skelios attendent une confirmation ! » « Bien sûr que c'est d'accord ! Ils filent toujours le grand amour, ces deux-là ? » « Improbable, n'est-ce pas ? Bah ! Héphaïstos est bien l'époux d'Aphrodite. » Valère s'insurge. « Eh ! Je t'interdis de comparer mon ami au dieu-laid ! » « Je te taquine ! » Valère promène ses lèvres sur la main d'Alexia. Il dit : « Son père est très fier de lui, tu sais. Il est en train de l'associer à ses affaires. » Elle dit : « Il a raison d'être fier. » La fierté. C'est ce qu'il éprouve, Valère, quand... quand il est en alexiance ! Il aimerait exprimer ce qui mord son cœur, le sentiment qui l'étreint. Dire à son amie que le foisonnement du monde, l'incertitude de l'avenir, les bruissures et l'éclat, le murmure lancinant des présences, il veut bien tout affronter, tout embrasser, à condition qu'elle soit là ! « Alexia, je... » « Valère ? » « Je... » Il n'y arrive pas. Alors, pour dire l'indicible, il convoque les Muses, rappelle le souvenir d'une antique poétesse qui avait si bien su. Parler d'amour. Il dit – un souffle : « *Le lieu est bien choisi, Alexia, pour ta statue... Près du Baïkal, ô toi sa reine, ô toi sa fille ! Protectrice des nefs ! La tempête s'est tue ; l'eau calme réfléchit ton beau bronze qui brille...* » Alexia surprise – Alexia ravie. Elle posa sa joue en tendresse infinie contre celle de Valère pour mieux murmurer : « *Nous tenant par la main dans la nuit parfumée, nous allions à la source ou rôdions par les landes. J'ai tressé pour ton cou d'entêtantes guirlandes…* » Valère, son cœur comme un tambour de kryptie. Pris au jeu, il poursuit. « *Il est semblable aux dieux celui qui te regarde, qui écoute ta voix musarde, qui goûte à ton rire moqueur – ce rire, tu le sais, qui fait fondre mon cœur…* » Il sent le sourire d'Alexia contre sa peau. Et il frissonne au froissement des mots de son amie encore au creux de son oreille. « *Ah moi, sais-tu, si je te vois, fût-ce une seconde aussi brève, tout à coup alors, sur mes lèvres, expire fébrilement ma joie ! Ma langue est comme brisée, et soudain, au cœur de ma chair, un feu invisible a glissé. Mes yeux ne voient plus rien de clair, à mes oreilles un bruit a bourdonné ! Je suis de sueur inondée, tout mon corps se met à trembler… Presque rien ne manque à moi si forte, pour me sentir comme morte !* » Valère a fermé les yeux. Pour mieux entendre. Il ne trouve rien d'autre à dire. Il lui semble que le ciel chavire. Il répète seulement – car ce qu'il éprouve est tellement cela et si intense ! « *Oh oui, il est semblable aux dieux celui qui te regarde…* » Enfin il s'abandonne au baiser que lui offrit Alexia, tandis que pâlissait dans le lointain le feu vif du soleil.

TABLE

ERIK L'HOMME est né en 1967 dans les montagnes du Dauphiné. Après une enfance drômoise et des études à l'université de Lyon, il part pendant plusieurs années, sac sur le dos, à la découverte du monde. De retour en France, il se lance dans un doctorat d'histoire et civilisations, avant de travailler comme journaliste dans le domaine de l'environnement. Le succès de ses romans pour la jeunesse lui permet aujourd'hui de partager son temps entre l'écriture et les voyages.

Du même auteur chez Gallimard Jeunesse

Le Livre des Étoiles

1. Qadehar le Sorcier
2. Le Seigneur Sha
3. Le Visage de l'Ombre

Les Maîtres des Brisants

1. Chien-de-la-lune
2. Le Secret des abîmes
3. Seigneurs de guerre

Phænomen

1. Phænomen
2. Plus près du secret
3. En des lieux obscurs

A comme Association

1. La Pâle lumière des ténèbres
3. L'Étoffe fragile du monde
5. Là où les mots n'existent pas
6. Ce qui dort dans la nuit
7. Car nos cœurs sont hantés
8. Le Regard brûlant des étoiles

Terre-Dragon

1. Le Souffle des pierres
2. Le Chant du Fleuve
3. Les Sortilèges du vent

Contes d'un royaume perdu
(album illustré par François Place)

Cochon rouge

Des pas dans la neige

Le Regard des princes à minuit

La Patience du héron
(album illustré par Lorène Bihorel)

Le papier de cet ouvrage est composé de fibres naturelles, renouvelables, recyclables et fabriquées à partir de bois provenant de forêts gérées durablement.

Mise en pages : Françoise Pham

Loi n° 49-956 du 16 juillet 1949
sur les publications destinées à la jeunesse
ISBN : 978-2-07-509066-7
Numéro d'édition : 322730
Dépôt légal : octobre 2017

Imprimé en Italie par Grafica Veneta